CIDADEZINHA NA CAMPINA

CIDADEZINHA NA CAMPINA

Laura Ingalls Wilder

Tradução
Lígia Azevedo

Principis

Esta é uma publicação Principis, selo exclusivo da Ciranda Cultural
© 2024 Ciranda Cultural Editora e Distribuidora Ltda.

Traduzido do original em inglês
Little Town on the Prairie

Texto
Laura Ingalls Wilder

Editora
Michele de Souza Barbosa

Tradução
Lígia Azevedo

Preparação
Walter Sagardoy

Produção editorial
Ciranda Cultural

Diagramação
Linea Editora

Revisão
Fernanda R. Braga Simon

Ilustração
Fendy Silva

Dados Internacionais de Catalogação na Publicação (CIP) de acordo com ISBD

W673c	Wilder, Laura Ingalls.
	Cidadezinha na campina / Laura Ingalls Wilder ; traduzido por Lígia Azevedo ; ilustrado por Fendy Silva. - Jandira, SP : Principis, 2024.
	224 p. ; 15,50cm x 22,60cm. (Os pioneiros americanos ; v. 7).
	Título original: Little Town on the Prairie. ISBN: 978-65-5097-144-1
	1. Literatura infantil. 2. Família. 3. Sociedade. 4. Literatura americana. 5. Fazenda. 6. Romance (gênero literário). I. Azevedo, Lígia. II. Silva, Fendy. III. Título. IV. Série.
2023-1790	CDD 028.5 CDU 82-93

Elaborado por Lucio Feitosa - CRB-8/8803

Índice para catálogo sistemático:
1. Literatura infantil 028.5
2. Literatura infantil 82-93

1ª edição em 2024
www.cirandacultural.com.br
Todos os direitos reservados.
Nenhuma parte desta publicação pode ser reproduzida, arquivada em sistema de busca ou transmitida por qualquer meio, seja ele eletrônico, fotocópia, gravação ou outros, sem prévia autorização do detentor dos direitos, e não pode circular encadernada ou encapada de maneira distinta daquela em que foi publicada, ou sem que as mesmas condições sejam impostas aos compradores subsequentes.

Esta obra reproduz costumes e comportamentos da época em que foi escrita.

SUMÁRIO

Nota da tradução 7

Surpresa 9

Primavera na propriedade 11

O gato necessário 22

Dias felizes 27

Trabalhando na cidade 33

O mês das rosas 41

Nove dólares 48

Quatro de Julho 53

Melros 68

Mary vai para a faculdade 82

A senhorita Wilder dá aulas 93

Acomodados para o inverno 102

Dias de aula 108

Mandada para casa 113

A visita do Conselho 123

Cartões de visita 137

A reunião 149

Os saraus 155

O turbilhão da alegria 163

A festa de aniversário 176

Dias de diversão 185
Visita inesperada em abril 193
A escola recomeça 196
A apresentação da escola 208
Visita inesperada em dezembro 218

Nota da tradução

Laura Ingalls Wilder começou a lançar a série de livros que a deixou famosa em 1932, com *Uma casa na floresta*. No entanto, a história de cunho autobiográfico se passa ainda antes, a partir dos anos 1870, quando a família da autora viveu em diferentes partes do interior dos Estados Unidos.

Tendo-se passado cento e cinquenta anos, é normal que os jovens leitores de hoje estranhem alguns pontos da narrativa. Em *Uma cidade na pradaria*, não só as crianças trabalham como há trabalhos que só meninos podem fazer e trabalhos que só meninas podem fazer. Além disso, as meninas não podem mais brincar depois de certa idade, só os meninos, e as mulheres deixam de realizar trabalho assalariado quando se casam. Meninas e mulheres também usam espartilhos tão apertados a ponto de não conseguir respirar direito e não devem se bronzear, porque "uma dama sempre mantém a pele clara".

Ao longo de toda a série, também fica visível que a autoridade – do pai, professor ou empregador – era inquestionável na época. Em *Uma cidade na pradaria*, o senhor Owen, o novo professor, bate em um aluno, Willie Oleson, que não aprendeu a matéria. "Por algum tempo, Laura não soube ao certo o que tinha achado daquele castigo", diz a narração, mas ainda assim ela "gostava" do senhor Owen e "o respeitava". Para piorar, Willie parece ter algum tipo de problema psicológico ou intelectual que não é explicado, e é chamado de "idiota" e "imbecil".

Ainda mais chocante é o espetáculo de menestréis retratado no livro. Esse tipo de espetáculo racista foi muito popular nos Estados Unidos da época e envolvia homens brancos que pintavam a pele de preto – na prática conhecida como *blackface* – e ridicularizavam pessoas negras através de uma representação estereotipada e negativa delas, em shows com música e piadas. Em *Uma cidade na pradaria*, não apenas não há nenhuma crítica da narração ou de qualquer personagem ao espetáculo apresentado, como ele é recebido pelo público de pessoas brancas como o ponto alto de um inverno de apresentações primorosas: "Só se tinha uma noite daquelas na vida, Ma disse".

A escravidão foi oficialmente abolida nos Estados Unidos por uma emenda à constituição em 1865, apenas dois anos antes que Laura Ingalls Wilder nascesse. E essa abolição de maneira nenhuma representou igualdade de liberdade, direitos ou oportunidades em relação aos brancos, ou acabou com o preconceito existente. Pa, que costuma ser o contraponto quando Ma é racista em relação a indígenas, é, inclusive, um dos menestréis – que são chamados de "negrinhos" no livro (*blackies*, no original) – na apresentação em questão.

É impossível ler a série de Laura Ingalls Wilder sem atentar para as questões raciais. Em *Uma cidade na pradaria*, além do espetáculo de menestréis, os nativo-americanos, que foram despojados de suas terras e viram seus números drasticamente reduzidos depois da chegada dos europeus ao continente e da expansão da população branca para o oeste dos Estados Unidos, são chamados em um discurso no Dia da Independência de "peles-vermelhas selvagens e assassinos".

Até hoje, veem-se casos infelizes de prática de *blackface* não só nos Estados Unidos, mas no Brasil e no mundo. Até hoje, indígenas e negros continuam lutando por igualdade de status com a população branca não só nos Estados Unidos, mas no Brasil e no mundo.

Surpresa

Uma noite, Pa perguntou durante o jantar:
– O que acha de trabalhar na cidade, Laura?
Ela não disse uma palavra. Tampouco as outras. Permaneceram todas sentadas, como se congeladas. Os olhos azuis de Grace olhavam por cima da borda da caneca de metal, os dentes de Carrie mordiam uma fatia de pão, e a mão de Mary segurava o garfo no meio do caminho. Ma continuou servindo chá na caneca de Pa, que já estava cheia, mas conseguiu deixar o bule de lado a tempo.
– O que disse, Charles? – Ma perguntou.
– Perguntei a Laura se ela gostaria de trabalhar na cidade – Pa respondeu.
– Trabalhar? Uma menina? Na cidade? Ora, que tipo de trabalho... – Ma interrompeu a frase e acrescentou rapidamente: – Não, Charles, não quero que Laura trabalhe em um hotel cheio de desconhecidos.
– E quem sugeriu isso? Nenhuma de nossas filhas vai fazer isso enquanto eu estiver vivo.
– Claro que não – Ma se corrigiu. – Você só me pegou de surpresa. Mas que outro tipo de trabalho há? Laura ainda não tem idade para dar aula.

Antes que Pa começasse a explicar, Laura pensou na cidade e na propriedade onde haviam se mantido sempre ocupados e felizes durante toda a primavera. Não queria que aquilo mudasse. Não queria trabalhar na cidade.

Primavera na propriedade

Depois da nevasca do outono anterior, todos se mudaram para a cidade onde Laura frequentara a escola por um tempo. Então as nevascas interromperam as aulas e, durante todo o longo inverno, uivaram entre as casas, isolando umas das outras de modo que, dia após dia, noite após noite, não se ouvia nem uma voz, não se via nem uma luz, em meio à neve rodopiante.

O inverno todo, eles tinham ficado espremidos na pequena cozinha, com frio e com fome, trabalhando duro no escuro e no frio para fazer gravetos de feno suficientes para manter o fogo aceso e moer trigo para o pão do dia a dia.

Naquele inverno muito, muito longo, a única esperança que nutriam era de que, em algum momento, o inverno acabaria, as nevascas passariam, o sol voltaria a brilhar, e a família poderia deixar a cidade e voltar para sua propriedade.

Agora era primavera. A pradaria de Dakota parecia tão quente e clara sob o sol brilhando que nem parecia possível que tivesse sido atingida pelo vento e pela neve naquele duro inverno. Era maravilhoso estar de volta à propriedade! Laura não queria nada além de ficar ao ar livre. Sentia que seu corpo nunca poderia absorver sol o bastante.

No amanhecer, quando ela ia ao poço à beira do charco para encher o balde de água fresca, via o sol nascendo em cores gloriosas. Cotovias-do-prado voavam das gramíneas orvalhadas, cantando. Lebres pulavam ao longo do caminho, com os olhos brilhantes e atentos, as orelhas compridas tremendo enquanto mordiscavam o café da manhã composto da ponta macia das gramíneas.

Laura só ficava dentro da cabana por tempo o bastante para deixar o balde de água e pegar o de leite. Então corria até o declive onde Ellen arrancava a grama nova e doce. A vaca ficava ruminando em silêncio enquanto Laura a ordenhava.

O aroma de leite fresco, quente e doce dos jatos silvantes que formavam espuma no balde se misturava aos aromas da primavera. Laura sentia os pés descalços, úmidos e frescos na grama orvalhada, o sol esquentando seu pescoço, o flanco quente de Ellen contra sua bochecha. Amarrada ali perto, a bezerra berrava ansiosa, ao que a vaca respondia com um mugido tranquilizante.

Depois que havia extraído as últimas gotas cremosas de leite, Laura carregava o balde até a cabana. Ma despejava parte do leite morno no balde da bezerra. O restante, ela passava por um pano branco limpo e armazenava em leiteiras. Laura levava as leiteiras com todo o cuidado para o porão, enquanto Ma tirava a nata do creme grosso do leite da noite anterior. Depois, despejava o leite sem nata no balde da bezerra, o qual Laura levava para o animalzinho faminto.

Ensinar a bezerra a beber não era fácil, mas era interessante. O animalzinho de pernas bambas havia nascido acreditando que precisava dar cabeçadas fortes para conseguir leite. Portanto, quando sentia o cheiro do balde, tentava dar cabeçadas nele.

Laura tinha de impedir que o leite derramasse, se possível, e tinha de ensinar a bezerra a beber, porque ela não sabia como fazer. Ela mergulhou os dedos no leite e deixou que a bezerra os lambesse com sua língua áspera, depois conduziu o focinho dela delicadamente na direção do balde. Mas o leite subiu pelo nariz da bezerra, que o expeliu com um ruído, derramando um pouco, e deu uma cabeçada no balde, com toda a sua força. Laura quase perdeu o controle dele. Uma onda de leite cobriu a cabeça da bezerra e espirrou no vestido de Laura.

Com toda a paciência, ela recomeçou, mergulhando os dedos para que a bezerra os lambesse, depois tentando manter o leite no balde e ensinar o animal a bebê-lo. Por fim, a bezerra conseguiu tomar parte do conteúdo do balde.

Então Laura soltou as estacas que prendiam os animais. Uma a uma, ela levou Ellen, a bezerra mais velha e a bezerra mais nova para locais frescos na grama macia e fria e as prendeu ali, fincando bem as estacas. O sol estava alto agora, o céu estava azul, e a terra consistia em ondas de gramíneas voando ao vento. Ma estava chamando.

– Corra, Laura! O café está esperando!

Na cabana, Laura lavou o rosto e as mãos rapidamente na bacia. Depois jogou fora a água, em um arco cintilante que caiu sobre a grama, a qual o sol logo secaria. Então passou o pente no alto da cabeça, até a trança. Ela nunca tinha tempo de soltá-la, pentear bem o cabelo e refazê-la antes do café. Costumava fazer aquilo depois de realizar todas as tarefas da manhã.

Sentada em seu lugar, ao lado de Mary, Laura olhou por cima da toalha xadrez e da louça limpa para suas irmãs mais novas, Carrie e Grace, cujos rostos lavados com sabonete reluziam e cujos olhos brilhavam. Ela olhou para Pa e Ma, sorrindo feliz. Sentiu o doce vento da manhã entrando pela porta e pela janela abertas e soltou um suspiro.

Pa olhou para Laura. Sabia como ela se sentia.

– Parece que vai ser um dia muito agradável – ele disse.

– É uma bela manhã – Ma concordou.

Depois do café, Pa atrelou os cavalos, Sam e David, e saiu com eles para a pradaria a leste da cabana, onde estava arando a terra para plantar milho. Era Ma quem distribuía o trabalho do dia entre as meninas. O que Laura mais gostava era quando ela dizia, como agora:

– Hoje é dia de jardinagem.

Mary se ofereceu para fazer o trabalho da casa para que Laura pudesse ajudar Ma. Mary tinha ficado cega. Mesmo antes que a escarlatina tirasse a visão de seus olhos azuis, ela não gostava do trabalho ao ar livre, sob o sol e o vento. Agora, ficava feliz em ser útil dentro de casa.

Com alegria, Mary disse:

– Devo trabalhar onde consigo ver com os dedos. Eu não saberia dizer a diferença entre uma ervilheira e uma erva daninha com uma enxada, mas sou capaz de lavar a louça, arrumar as camas e cuidar de Grace.

Carrie também tinha orgulho de si mesma, porque, embora fosse pequena, já tinha dez anos e podia ajudar Mary com o trabalho do lar. Assim, Ma e Laura foram trabalhar na horta.

Agora, pessoas chegavam do leste e se estabeleciam por toda a pradaria. Cabanas estavam sendo construídas nas propriedades a leste e a sul, e a oeste, mais além do Grande Charco. A cada poucos dias, uma carroça passava, dirigida por desconhecidos que cruzavam o charco para ir e vir da cidade. Ma dizia que teriam tempo de conhecer aquelas pessoas quando o trabalho da primavera já tivesse sido realizado. Não era o momento de visitar os vizinhos.

Pa tinha um novo arado, que era ótimo para quebrar os torrões da pradaria. Tinha uma roda afiada, chamada sega, que girava ao passar. O arado de aço vinha a seguir, cortando as raízes emaranhadas das gramíneas, e a aiveca erguia a faixa de terra e a revirava. Cada faixa de terra tinha trinta centímetros de largura, em toda a extensão.

A família estava muito feliz com o novo arado. Agora, depois de um dia inteiro de trabalho, Sam e David se deitavam e rolavam, animados, apontando as orelhas e olhando em volta na pradaria antes de começar a comer. Não iam se desgastar ou ficar tristes e esqueléticos naquela primavera, quebrando os torrões do terreno. No jantar, Pa nunca estava cansado demais para fazer piadas.

– Ora, o arado é capaz de fazer o trabalho sozinho – ele dizia. – Com todas as invenções de hoje, os músculos de um homem já não têm serventia. Um dia desses, o arado vai continuar trabalhando sozinho, e, quando acordarmos pela manhã, vamos descobrir que revirou um ou dois acres com os cavalos, enquanto eu descansava.

As faixas de terra ficavam viradas de cabeça para baixo sobre os sulcos, com as raízes das gramíneas cortadas aparecendo. O sulco era deliciosamente fresco e macio aos pés descalços, e Carrie e Grace muitas vezes seguiam atrás do arado, brincando. Laura gostaria de fazer o mesmo, mas já ia fazer quinze anos e estava velha demais para brincar na terra fresca e perfumada. Além do mais, à tarde, fazia uma caminhada com Mary, que precisava tomar um pouco de sol.

Depois que o trabalho da manhã estava feito, Laura levou Mary para dar uma volta na pradaria. As flores se abriam, e as sombras das nuvens marcavam as colinas gramadas.

Era estranho pensar que Mary era a mais velha e muito tempo antes costumava mandar em Laura. Agora que estavam crescidas, elas pareciam ter a mesma idade. Gostavam de suas longas caminhadas juntas, ao sol e ao vento, colhendo violetas e ranúnculos, comendo azedinhas. Suas flores pareciam de lavanda, e o caule das folhas em forma de trevo tinham um sabor pungente.

– Azedinha tem gosto de primavera – Laura disse.

– Na verdade, tem um gostinho de limão – Mary a corrigiu. Antes de comer também, ela perguntou, como sempre: – Olhou com cuidado? Não tem mesmo nenhum bicho?

– Nunca tem nenhum bicho – Laura protestou. – Essas pradarias são tão limpas! Nunca vi nada igual.

– Mesmo assim, é melhor conferir – disse Mary. – Não quero comer o único inseto de todo o território de Dakota.

As duas riram juntas. Mary andava tão relaxada que muitas vezes fazia piadas. Seu rosto parecia sereno sob a touca, seus olhos azuis brilhavam tanto, e sua voz soava tão animada que ela nem parecia estar caminhando na escuridão.

Mary sempre tinha sido boa. Às vezes, tão boa que Laura não aguentava aquilo. Mas agora parecia diferente. Laura fez um comentário a respeito.

– Você tentava ser boa o tempo todo – ela disse. – E sempre era. Isso me deixava tão brava às vezes que eu queria dar um tapa em você. Mas agora você é boa sem nem se esforçar.

Mary parou na mesma hora.

– Ah, Laura, que coisa horrível! Você ainda sente vontade de me dar um tapa?

– Não, nunca – Laura respondeu, honesta.

– Sinceramente? Não está sendo gentil só porque estou cega?

– Não! Sinceramente, não. Quase não penso na sua cegueira. Eu... só fico feliz que seja minha irmã. Gostaria de ser como você. Mas acho que nunca serei. – Laura suspirou. – Não sei como consegue ser tão boa.

– Não sou tão boa – Mary disse a ela. – Eu tento, mas, se você pudesse ver quão rebelde e má me sinto às vezes, se pudesse ver como sou por dentro, não desejaria ser como eu.

– Eu *vejo* como você é por dentro – Laura disse. – Está sempre aparente. Você é perfeitamente paciente e nunca é nem um pouco malvada.

– Sei por que você tinha vontade de me dar um tapa – Mary disse. – Porque eu ficava me exibindo. Não queria ser boa de verdade. Só queria mostrar que menina boa eu era. Por ser tão vaidosa e orgulhosa, eu merecia mesmo um tapa.

Laura ficou chocada. De repente, sentiu que já sabia daquilo, que sempre soubera. Ainda assim, não era verdade. Então, disse:

– Ah, não, você não é assim, não de verdade. Você é mesmo boa.

– "O homem nasce para a tribulação, como as faíscas se levantam para voar" – disse Mary, citando a Bíblia. – Mas isso não importa.

– Como assim? – exclamou Laura.

– Só quero dizer que acredito que não deveríamos pensar tanto em nós mesmas, quanto a sermos boas ou más – Mary explicou.

– Mas como alguém pode ser bom sem pensar nisso? – Laura perguntou.

– Não sei, acho que não pode – Mary admitiu. – Não sei como me explicar melhor. Mas... não é uma questão de pensar, é... uma questão de simplesmente saber. De ter certeza da bondade de Deus.

Laura ficou parada, assim como Mary, que não ousava avançar sem a irmã a guiá-la. Mary estava em meio a quilômetros de folhas, flores e gramíneas balançando ao vento, sob o céu azul e as nuvens brancas, sem enxergar nada. Todo mundo sabe que Deus é bom. Mas parecia a Laura que Mary devia ter certeza daquilo, de uma maneira especial.

– Você tem certeza, não tem? – ela perguntou.

– Sim, agora tenho certeza disso o tempo todo – Mary respondeu. – "O Senhor é meu pastor, e nada me faltará. Faz-me deitar em verdes pastos, conduz-me a águas tranquilas." Acho que este é o salmo mais bonito de todos. Por que paramos aqui? Não estou sentindo cheiro de violetas?

– Acabamos vindo parar na depressão onde os búfalos costumavam chafurdar – disse Laura. – Vamos voltar por ali.

Quando elas deram meia-volta, Laura viu a leve ondulação no terreno que levava do Grande Charco até a pequena cabana onde moravam, a qual parecia pouco maior do que um galinheiro, com seu meio telhado inclinado. Mal se via o estábulo em meio às gramíneas. Mais além, Ellen e as duas bezerras pastavam, e a leste Pa plantava milho na terra recém-arada.

Pa havia arado toda a terra que pudera antes que ficasse seca demais. Tinha passado o rastelo no terreno que arara no ano anterior e semeado aveia lá. Agora, com o saco de milho preso ao ombro por uma cinta e a enxada na mão, avançava lentamente pelo campo.

– Pa está plantando milho – Laura disse a Mary. – Vamos por ali. Estamos passando pela depressão agora.

– Eu sei – Mary disse.

Elas pararam por um momento e inspiraram o perfume das violetas, denso como mel. A depressão, perfeitamente redonda e parecendo um prato com um metro ou um metro e vinte de profundidade no meio da pradaria, estava cheia de violetas. Eram milhares, milhões, tão próximas umas das outras que não dava para ver suas folhas.

Mary se abaixou para elas.

– Hummmmm...

Ela inspirou fundo. Seus dedos tocavam delicadamente as pétalas e desciam pelos caules para pegá-las.

Quando passaram pelo campo, Pa sentiu o cheiro das violetas também.

– Foi uma boa caminhada, meninas?

Ele sorriu para elas, mas não parou de trabalhar. Com a enxada, abriu um buraco na terra, despejou quatro grãos de milho nele e cobriu, apertando bem o ponto com a bota, depois seguiu em frente.

Carrie chegou correndo e levou o nariz às violetas.

Ela estava cuidando de Grace, que não aceitava brincar em nenhum outro lugar que não o campo onde Pa estivesse. As minhocas a fascinavam. Sempre que Pa enfiava a enxada na terra, Grace procurava por uma e dava risada ao ver o verme comprido e fino ficando gordo e curto para voltar a se enfiar rapidamente no solo.

– Mesmo quando uma minhoca é cortada ao meio, os dois lados fazem isso – ela comentou. – Por quê, Pa?

– Porque querem ficar na terra, imagino – disse ele.

– Por quê, Pa? – Grace perguntou.

– Ah, porque querem – disse ele.

– E por que querem, Pa?

– Por que você gosta de brincar na terra? – ele perguntou a Grace.

– Por quê, Pa? – ela repetiu. – Quantos milhos são jogados em cada buraco, Pa?

– Quantos *grãos* – ele a corrigiu. – Quatro grãos. Um, dois, três, quatro.

– Um, dois, quatro – Grace disse. – Por quê, Pa?

– Essa é fácil – ele disse. Então cantarolou:

Um para o melro pegar,
Um para o corvo comer.
Assim ainda restam
Dois para crescer.

A horta estava crescendo. Havia pequenas fileiras de folhas verdes, e já se viam rabanetes, alface, cebolas. As primeiras folhas das ervilheiras se insinuavam. Os tomateiros já davam frutos pequenos, e suas folhas se espalhavam como renda.

– A horta precisa ser capinada – disse Ma, enquanto Laura punha as violetas na água para perfumar a mesa do jantar. – E acredito que logo será hora de colher os feijões. Está tão quente.

Em uma manhã quente, os feijões haviam irrompido. Grace os descobrira e fora correndo contar para Ma, animada. Ela passara aquela manhã toda olhando para eles, sem que conseguissem persuadi-la do contrário. Um feijão após o outro brotava da terra nua, os caules se desenrolando como mola, e ao sol eles se partiam e revelavam duas folhinhas claras. Sempre que um feijão surgia, Grace gritava.

Agora que o milho fora plantado, Pa construiu a outra metade da cabana. Em uma manhã, ele colocou as vigas do piso. Depois construiu a moldura, e Laura o ajudou a levantá-la e mantê-la reta enquanto ele a pregava. Pa fez o batente e a moldura de duas janelas. Depois usou vigas para fazer a metade do telhado que não existia antes.

Laura o ajudou o tempo todo, enquanto Carrie e Grace observavam e recolhiam cada prego que Pa deixava cair sem querer. Até mesmo Ma passou alguns minutos à toa, só olhando. Era empolgante ver a cabana ser transformada em uma casa de verdade.

Quando ele terminou, a casa tinha três cômodos. A parte nova consistia em dois quartos pequenos, cada um deles com uma janela. Agora as camas não precisavam mais ficar na sala.

– Vamos matar dois coelhos com uma cajadada só – disse Ma. – Vamos fazer a limpeza da primavera e a mudança ao mesmo tempo.

Elas lavaram as cortinas e todas as cobertas, depois as penduraram para secar. Então lavaram as janelas novas até brilharem e penduraram nelas cortinas novas feitas de lençóis velhos lindamente bordados com os pontos minúsculos de Mary. Ma e Laura colocaram as camas feitas de tábuas frescas e aromáticas nos novos quartos. Laura e Carrie encheram os colchões com o feno claro do meio dos fardos, depois arrumaram a cama com os lençóis ainda quentes do ferro e as cobertas limpas e cheirando à pradaria.

Então Ma e Laura esfregaram cada centímetro da velha cabana, que agora era a sala e a cozinha. Ficara espaçosa, na ausência de camas e com apenas o fogão, os armários, a mesa, as cadeiras e a estante de canto. Quando estava perfeitamente limpa, com tudo no lugar, elas se afastaram para admirá-la.

– Você nem precisa ver para mim, Laura – Mary disse. – Consigo sentir como tudo ficou amplo, fresco e bonito.

Com a janela aberta, as cortinas brancas engomadas se moviam suavemente ao vento. As paredes e o piso de madeira tinham um tom de cinza amarelado. O maço de flores-do-campo que Carrie havia colhido e colocado em um vaso azul na mesa parecia trazer a primavera para dentro da casa. No canto, a estantezinha envernizada parecia muito elegante e bela.

A luz da tarde deixava claros os títulos dourados dos livros na última prateleira e refletia nas três caixinhas de vidro que ficavam na prateleira acima, todas com florzinhas pintadas. Na prateleira seguinte, flores douradas brilhavam no mostruário do relógio e em seu pêndulo de latão, que balançava para lá e para cá. Ainda mais alto, na prateleira de cima, estava a caixinha de joias de Laura, com a xicrinha em seu pires, e ao lado dela, observando tudo, o cachorro de porcelana marrom e branco de Carrie.

Na parede entre as portas dos novos quartos, Ma pendurou a prateleira de madeira que Pa havia entalhado para ela como presente de Natal muito tempo antes, na Grande Floresta de Wisconsin. Cada flor, cada folha, as vinhas pequenas e as maiores, que chegavam à estrela no topo, continuavam tão perfeitas como quando ele as havia entalhado com seu canivete. A pastora de porcelana de Ma, que era ainda mais antiga, mais antiga até do que Laura conseguia recordar, sorria da prateleira, em rosa e branco.

Era uma sala linda.

O gato necessário

Agora, as primeiras espigas verdes e amarelas marcavam a plantação como pontas de fitas esvoaçantes ao longo dos sulcos no terreno arado. Em um fim de tarde, Pa foi até o campo para dar uma olhada. Estava cansado e exasperado quando retornou.

– Preciso replantar mais da metade do milho – ele disse.

– Ah, Pa. Por quê? – Laura perguntou.

– Por causa dos roedores – Pa explicou. – Bem, é o que eu ganho por ser o primeiro homem a plantar milho nesta região.

Grace estava abraçando as pernas de Pa, que a pegou no colo e roçou a barba na face dela, para fazê-la rir. Ela se lembrou da musiquinha do plantio e começou a cantar com orgulho, sentada nos joelhos dele:

> *Um para o melro pegar,*
> *Um para o corvo comer.*
> *Assim ainda restam*
> *Dois para crescer.*

22

— O homem que escreveu isso só podia ser do leste — Pa disse a ela. — Aqui temos de inventar nossas próprias músicas, Grace. O que acha disso?

Um para um roedor,
Dois para um roedor,
Três para um roedor,
Quatro, que horror!

— Ah, Charles — Ma protestou. Não costumava achar jogos de palavras engraçados, mas não conseguira evitar rir do olhar travesso que Pa lhe dirigira ao fazer aquele.

Assim que ele replantou o milho, os roedores o encontraram. Eles corriam por todo o campo, parando para abrir buracos na terra fina com suas patinhas. Era impressionante como sabiam exatamente onde os grãos estavam enterrados.

Também era impressionante que aqueles pequenos roedores, que corriam, cavavam, sentavam e mordiscavam, cada um com um grão de milho nas patas, tinham conseguido devorar mais da metade da plantação.

— São pestes! — disse Pa. — Queria que tivéssemos um gato, como a velha Susan Preta. Ela teria botado todos para correr.

— Preciso de um gato em casa, também — Ma concordou. — Os ratos são tão numerosos que não posso deixar comida descoberta no armário. Podemos arranjar um, Charles?

— Que eu saiba, não tem gato nessa região toda — Pa respondeu. — Os lojistas estão reclamando também. Querem que mandem um gato do leste.

Naquela noite, Laura foi tirada do sono profundo. Do outro lado da divisão entre os quartos, alguém arfou e grunhiu, depois se ouviu um baque repentino e algo sendo esmagado. Então Ma disse:

— Charles! O que foi isso?

— Eu estava sonhando — ele falou, baixo. — Sonhei que tinha um barbeiro cortando meu cabelo.

Como estavam no meio da noite e a casa dormia, Ma falou baixo também:

– Foi só um sonho. Volte a se deitar e me devolva as cobertas.

– Ouvi o barulho da tesoura, *tique-tique-tique* – contou Pa.

– Bem, deite-se e vamos dormir – Ma disse, com um bocejo.

– Meu cabelo estava mesmo sendo cortado – ele insistiu.

– Nunca vi você acordar tão perturbado de um sonho. – Ma bocejou outra vez. – Deite-se e vire-se, para não sonhar mais.

– Caroline, meu cabelo estava mesmo sendo cortado – Pa repetiu.

– Como assim? – Ma perguntou, agora mais desperta.

– Estou dizendo a você... Enquanto eu dormia, levantei a mão e... Aqui. Sinta minha cabeça.

– *Charles!* Seu cabelo foi mesmo cortado! – Ma exclamou, e Laura ouviu que ela se sentava na cama. – Estou sentindo, tem um ponto na sua cabeça...

– Isso, bem aí – Pa disse. – Levantei a mão e...

Ma o interrompeu:

– Tem um pedaço tosquiado que é do tamanho da minha mão.

– Eu levantei a mão e peguei... alguma coisa...

– O quê? O que você pegou? – Ma perguntou.

– Acho... Acho que era um rato.

– *Onde ele está?* – Ma gritou.

– Não sei. Joguei longe, com toda a minha força – disse Pa.

– Minha nossa! – Ma disse, baixo. – Deve ter sido um rato. Cortando o seu cabelo para fazer um ninho.

Depois de um minuto, Pa disse:

– Caroline, eu juro...

– Não, Charles – Ma murmurou.

– Bem, eu juraria, se fosse o caso, que não posso passar as noites acordado para manter os ratos longe do meu cabelo.

– Queria que tivéssemos um gato – Ma disse, desesperançosa.

Pela manhã, havia um rato morto perto da parede do quarto, onde Pa o havia atirado. No café, Pa apareceu com um pedaço da nuca quase careca, onde o rato o havia tosquiado.

Ele não teria se importado caso seu cabelo pudesse crescer a tempo de ir à reunião com os comissários do condado. A região estava sendo povoada tão rapidamente que um condado já vinha sendo organizado, e Pa deveria ajudar. Como o colono mais antigo, não podia se esquivar a esse dever.

A reunião seria realizada na propriedade do senhor Whiting, que ficava pouco mais de seis quilômetros a nordeste da cidade. A senhora Whiting sem dúvida estaria ali, e Pa não poderia ficar de chapéu.

– Não se preocupe com isso – Ma o consolou. – Conte a eles o que aconteceu. Todos devem ter ratos em casa.

– Haverá coisas mais importantes a discutir – Pa disse. – É melhor deixar que eles pensem que é assim que minha esposa corta meu cabelo.

– Charles! Você não faria isso! – Ma exclamou, antes de se dar conta de que ele estava brincando.

Naquela manhã, antes de partir com a carroça, Pa disse a Ma para não o esperar para o almoço. Seria uma viagem de dez quilômetros, fora o tempo que ele passaria na reunião em si.

Quando Pa chegou ao estábulo, já era hora do jantar. Ele guardou os cavalos e foi correndo em direção à casa, de modo que encontrou Carrie e Grace quando elas ainda estavam saindo.

– Meninas! Caroline! – Pa gritou. – Adivinhem o que eu trouxe.

Ele tinha uma mão no bolso, e seus olhos brilhavam.

– Doce! – Carrie e Grace disseram juntas.

– Melhor que isso! – Pa disse.

– Uma carta? – Ma perguntou.

– Um jornal – Mary arriscou. – Talvez *O Avanço*.

Laura olhava para o bolso de Pa. Tinha certeza de que algo se movia ali dentro, e não era a mão dele.

– Vamos deixar Mary ver primeiro – Pa disse às outras. Ele tirou a mão do bolso. Em sua palma, havia um gatinho cinza e branco.

Pa o colocou com cuidado na mão de Mary. Ela acariciou os pelos macios com a ponta do dedo. Então tocou suas orelhas, seu nariz e suas patas.

– Um gato – ela disse, surpresa. – Um gato bem pequenininho.

– Os olhos dele nem abriram ainda – Laura disse a ela. – Os pelos parecem fumaça de cigarro; o rosto, o peito, as patas e a pontinha do rabo são brancos. As garras são umas coisinhas brancas minúsculas.

– Ele é pequeno demais para ser tirado da mãe – Pa disse. – Mas precisei fazer isso quando tive a chance, ou outra pessoa faria. Whiting conseguiu que mandassem uma gata do leste para ele. Ela tinha quatro filhotes, e ele vendeu quatro hoje, a cinquenta centavos cada.

– Não pagou cinquenta centavos por esse gato, pagou, Pa? – Laura perguntou a ele, de olhos arregalados.

– Paguei, sim.

Ma disse depressa:

– Não o culpo, Charles. Valeu a pena, para ter um gato na casa.

– Podemos criar um gato assim pequenininho? – Mary perguntou, ansiosa.

– Ah, sim – Ma garantiu. – Teremos que alimentar o bichinho com frequência, lavar os olhos dele com cuidado e mantê-lo aquecido. Laura, encontre uma caixa pequena e escolha os retalhos mais macios e quentes do saco.

Laura fez um ninho fofinho e aconchegante para o gato em uma caixa de papelão enquanto Ma esquentava um pouco de leite. Depois, ficaram todos vendo Ma pegar o gato na mão e alimentá-lo, uma gota de leite por vez, com uma colher de chá. As patinhas do gato tocavam a colher, e sua boquinha rosada tentava chupar. Gota a gota, ele puxava o leite quente, embora um pouco escorresse pelo queixo. Depois, eles o colocaram em sua caminha, e o gato dormiu sob o calor da mão de Mary.

– Ele tem sete vidas, como qualquer gato, e vai ficar bem – disse Ma. – Vocês vão ver.

Dias felizes

Pa disse que a cidade estava crescendo depressa. Novos colonos chegavam e se apressavam para levantar casas onde morar. Em um fim de tarde, Pa e Ma foram até a cidade para ajudar a organizar uma igreja, e logo sua construção teve início. Não havia carpinteiros suficientes para fazer todo o necessário, portanto Pa começou a pegar alguns trabalhos.

Toda manhã, depois de realizar as tarefas, ele ia andando para a cidade, carregando o almoço consigo. Ele começava a trabalhar às sete da manhã, fazia um intervalo curto ao meio-dia e parava às seis e meia, voltando para casa a tempo do jantar. Pa recebia quinze dólares por semana.

Foi uma época feliz, porque a horta crescia bem, o milho e a aveia prosperavam, a bezerra tinha desmamado, de modo que sobrava leite para fazer queijo e nata para fazer manteiga e leitelho. E o melhor de tudo: Pa estava ganhando um bom dinheiro.

Às vezes, enquanto trabalhava na horta, Laura pensava na possibilidade de Mary ir para a faculdade. Já fazia quase dois anos que haviam ficado sabendo que havia uma faculdade para cegos em Iowa. Desde então, pensavam todo dia naquilo e rezavam toda noite para que Mary pudesse estudar lá. A pior parte da cegueira de Mary era que a impedia de estudar. Ela gostava muito de ler e aprender e sempre quisera ser professora. Agora, nunca poderia ser. Laura não queria ser, mas sabia que era necessário: precisaria começar a lecionar assim que tivesse idade suficiente, a fim de ganhar dinheiro para pagar pela faculdade de Mary.

Não importa, ela pensava enquanto capinava. *Tenho minha visão.*

Ela via a enxada, as cores da terra e as luzes e sombras da ervilheira. Só precisava levantar os olhos para deparar com quilômetros de gramíneas soprando, o horizonte azul, pássaros voando, Ellen e as bezerras no campo e os diferentes tons de azul do céu, as nuvens de verão, enormes e brancas. Ela tinha tanto, e Mary só via escuridão.

Embora mal ousasse fazê-lo, Laura torcia para que Mary pudesse ir para a faculdade naquele outono. Pa estava ganhando muito dinheiro. Se Mary conseguisse ir, Laura estudaria com tanto afinco e trabalharia tão duro que certamente poderia começar a lecionar assim que fizesse dezesseis anos. Seu salário poderia manter Mary na faculdade.

Todas precisavam de vestidos e sapatos, e Pa sempre precisava comprar farinha, açúcar, chá e carne salgada. Ainda estavam pagando pela madeira da nova metade da casa e precisavam estocar carvão para o inverno, além de pagar os impostos. Mas, naquele ano, tinham a horta, o milho e a aveia. E no ano seguinte praticamente tudo o que comessem poderia ser tirado da terra.

Se criassem galinhas e um porco, poderiam até comer carne. A região agora estava povoada e quase não havia mais animais para caçar, portanto era preciso comprar carne ou criar animais em casa. Talvez no ano seguinte Pa conseguisse comprar galinhas e um porco. Alguns colonos traziam animais consigo.

Em uma noite, Pa chegou em casa com um sorriso no rosto.

– Adivinhem só! – ele cantarolou. – Vi Boast na cidade hoje, e ele transmitiu um recado da senhora Boast. *Ela vai nos mandar galinhas!*

– Ah, Charles! – Ma disse.

– Assim que os pintinhos crescerem o bastante para ciscar por si mesmos, Boast vai trazê-los.

– Ah, Charles, que notícia excelente. É típico da senhora Boast fazer uma coisa dessas – Ma disse, grata. – O senhor Boast disse como ela está?

– Disse que os dois estão se saindo bem. A senhora Boast está sempre ocupada e ainda não conseguiu ir à cidade nesta primavera, mas certamente pensa em vocês.

– Uma porção de pintinhos – disse Ma. – Poucas pessoas fariam o mesmo.

– Eles nunca esqueceram de como você os recebeu quando chegaram, recém-casados, depois de se perderem em meio à tempestade de neve. Éramos os únicos vizinhos deles num raio de mais de sessenta quilômetros. Boast sempre menciona isso.

– *Pff!* – Ma fez. – Mas nos mandar pintinhos... Vai ser como se tivéssemos começado a criar galinhas há um ano.

Se conseguissem criar os pintinhos, se não fossem pegos por falcões, doninhas ou raposas, teriam galinhas e galos jovens no verão. No ano seguinte, as galinhas poriam ovos, que eles poderiam comer. No outro ano, poderiam comer frango frito e teriam galinhas novas, um bando maior e mais ovos para comer. Quando as galinhas ficassem velhas demais para botar ovos, Ma poderia fazer uma torta de frango.

– Se na próxima primavera Pa conseguir comprar um porco, em alguns anos poderemos comer presunto frito e ovos – disse Mary. – Também teremos banha, linguiça, costeletas e cabeça de xara!

– Grace vai poder torrar o rabo do porco! – Carrie acrescentou.

– Por quê? – Grace perguntou. – Como assim?

Carrie se lembrava do abate, mas Grace nunca havia segurado o rabo esfolado de um porco diante da grelha do fogão e o visto chiar e escurecer. Ela nunca havia visto Ma tirar do forno a panela cheia de costeletas marrons, crocantes e suculentas. Nunca havia visto a travessa azul coberta de linguiças cheirosas ou regado panquecas com o molho marrom-avermelhado. Só tinha lembranças do território de Dakota, e a carne que conhecia era o porco branco e salgado que Pa às vezes comprava.

Mas, um dia, eles voltariam a comer aquelas coisas gostosas, pois dias melhores estavam por vir. Com tanto trabalho a fazer e tanto a esperar, os dias passavam voando. Mantinham-se todos tão ocupados que quase não viam Pa durante o dia. Então, à noite, ele chegava em casa trazendo notícias da cidade, e elas tinham muitas novidades a compartilhar.

Naquele dia todo, vinham guardando algo emocionante para contar a Pa. Talvez ele nem acreditasse, porque o que havia acontecido era:

Enquanto Ma arrumava as camas e Laura e Carrie lavavam a louça do café, elas tinham ouvido gritos agudos do gatinho, que na verdade era uma gatinha. Seus olhos tinham se aberto, e agora ela podia correr de um lado a outro, perseguindo o pedaço de papel amarrado à corda que Grace puxava.

– Cuidado, Grace! – Mary exclamou. – Não a machuque.

– Não vou machucar a gatinha – Grace respondeu, sincera.

Antes que Mary pudesse falar, a gatinha gritou de novo.

– Não faça isso, Grace! – Ma disse do quarto. – Você pisou nela?

– Não, Ma – Grace garantiu.

A gata gritou desesperadamente, e Laura deu as costas para a bacia.

– Pare, Grace! O que está fazendo com ela?

– Não estou fazendo nada! – Grace insistiu. – Não sei onde ela está!

A gata não estava em nenhum lugar visível. Carrie procurou debaixo do fogão e atrás da caixa de madeira. Grace se arrastou para debaixo da mesa, atrás dela. Ma procurou na prateleira de baixo da estante de canto, e Laura olhou nos dois quartos.

Então a gata voltou a gritar, e Ma a encontrou atrás da porta aberta. Ali, entre a porta e a parede, a gatinha segurava um rato. Era um rato adulto, forte, quase tão grande quanto a gatinha, que ainda bambeava nas pernas. Ele resistia, contorcendo-se e mordendo. A gata gritava quando o rato a mordia, mas não o soltava. Ela mantinha as patas firmes e os dentes agarrando um bocado da pele do rato. Suas perninhas eram tão fracas que a gata quase caiu. O rato a mordeu de novo e de novo.

Ma foi buscar a vassoura, depressa.

– Pegue a gata, Laura. Eu cuido do rato.

Laura ia obedecer, claro, mas não pôde evitar dizer:

– Ah, odeio fazer isso, Ma! Ela está se virando. A briga é dela.

Com Laura já a pegando, a gatinha fez um último esforço. Pulou no rato. Segurou-o com as patas da frente e gritou de novo quando ele a mordeu. Então atacou com seus próprios dentinhos, mirando o pescoço dele. O rato guinchou e ficou imóvel. A gata o havia matado sozinha. Era seu primeiro rato.

– Ora, ora – Ma disse. – Foi uma bela briga de gata e rato!

A gatinha precisava da mãe para lamber suas feridas e ronronar orgulhosa para ela. Ma lavou com cuidado as mordidas e lhe deu leite morno. Carrie e Grace acariciaram seu narizinho e sua cabeça macia, depois Mary a aconchegou para dormir sob sua mão quente. Grace pegou o rato morto pelo rabo e o jogou longe. Elas passaram o resto do dia dizendo:

– Que história temos para contar a Pa quando ele chegar em casa!

Elas esperaram até que Pa se lavasse, penteasse o cabelo e se sentasse para jantar. Laura respondeu à pergunta dele sobre as tarefas: tinha dado água aos cavalos, a Ellen e às bezerras e os trocado de lugar. As noites andavam tão agradáveis que não era preciso guardá-los no estábulo. Eles dormiam sob as estrelas, acordavam e pastavam onde queriam.

Então chegou a hora de contar a Pa o que a gata havia feito.

Ele disse que nunca havia ouvido nada do tipo. Olhou para a gatinha cinza e branca, que caminhava com todo o cuidado, o rabo fino ereto, e disse:

– Essa gata vai ser a melhor caçadora de todo o condado.

O dia estava se encerrando perfeitamente bem. Estavam todos juntos ali. Já tinham feito todo o trabalho do dia, com exceção de lavar a louça do jantar. Estavam todos desfrutando de pão e manteiga, batatas fritas, queijo e alface temperado com vinagre e açúcar.

Além da porta e da janela abertas, o sol se punha na pradaria, mas o céu continuava pálido, e as primeiras estrelas começavam a tremular nele. O vento soprava lá fora, e dentro de casa o ar se movimentava também, agradavelmente aquecido pelo fogão, misturando o aroma fresco da pradaria com um cheiro de comida, chá, sabão e o leve odor das tábuas novas dos quartos.

Em meio a toda essa satisfação, talvez a melhor parte fosse saber que o dia seguinte seria como aquele, ainda que um pouco diferente de todos os outros, como aquele mesmo havia sido. Laura não sabia disso até Pa lhe perguntar:

– O que acha de trabalhar na cidade?

Trabalhando na cidade

Ninguém poderia imaginar que tipo de trabalho haveria para uma menina na cidade, fora do hotel.

– É uma ideia nova do Clancy – Pa disse.

O senhor Clancy era um dos novos comerciantes. Pa estava trabalhando na construção da loja dele.

– Estamos perto de terminar a loja, e ele já está trazendo os produtos. A mãe da senhora Clancy veio para o oeste com eles e vai fazer camisas.

– Fazer camisas? – repetiu Ma.

– Sim. Há tantos homens se instalando por aqui que Clancy acha que a maior parte de seu negócio vai girar em torno de tecidos se puser alguém para fazer camisas para aqueles que não vieram acompanhados de mulheres que possam costurar para eles.

– É uma boa ideia – Ma precisou admitir.

– Pode apostar! Clancy é muito esperto – disse Pa. – Ele comprou uma máquina para costurar as camisas.

Aquilo interessou Ma.

– Uma máquina de costura? É como o desenho que vimos na revista? Como funciona?

– Como imaginei que funcionaria – Pa respondeu. – A pessoa movimenta o pedal com o pé, o que faz girar o volante e faz a agulha subir e descer. Há um pequeno compartimento debaixo da agulha, com linha também. Clancy mostrou a algum de nós. É muito rápido, e a costura fica tão perfeita quanto você gostaria.

– Fico pensando quanto deve custar – disse Ma.

– Caro demais para pessoas comuns – disse Pa. – Mas Clancy está pensando nela como um investimento. Deve recuperar o dinheiro com o lucro.

– Sim, claro – Ma disse.

Laura sabia que ela devia estar pensando no trabalho que a máquina pouparia, mas, mesmo que tivessem dinheiro, seria tolice comprar uma só para fazer as costuras da família.

– Ele quer que Laura aprenda a operar a máquina?

A menina ficou com medo. Não queria se responsabilizar por acidentes que pudessem acontecer com uma máquina tão cara.

– Ah, não, quem vai fazer isso é a senhora White – Pa respondeu. – Mas ela precisa de uma menina habilidosa para ajudar com a costura à mão. – Ele se dirigiu a Laura: – A senhora White me perguntou se eu conhecia alguma. Eu disse que você é uma boa costureira, e ela quer que você a ajude. Clancy já recebeu mais encomendas de camisas do que a mulher pode dar conta sozinha. Ela disse que pode pagar a uma trabalhadora disposta vinte e cinco centavos ao dia, e servir o almoço.

Laura fez as contas mentalmente. Era um dólar e cinquenta por semana, um pouco mais de seis dólares ao mês. Se trabalhasse duro e agradasse à senhora White, talvez tivesse trabalho o verão inteiro. Então poderia juntar quinze dólares, talvez até vinte, para ajudar a mandar Mary para a faculdade.

Ela não queria trabalhar na cidade, em meio a desconhecidos, mas não podia recusar a chance de ganhar quinze dólares, ou dez, ou cinco. Então engoliu em seco e perguntou:

– Posso ir, Ma?

Ma suspirou.

– Não gosto muito da ideia, mas não é como se você fosse ficar sozinha lá. Pa estará na cidade também. Sim, se você quiser, pode ir.

– Eu... não quero deixar todo o trabalho para vocês – ela disse, hesitante.

Carrie se ofereceu na mesma hora para ajudar mais. Podia arrumar as camas, varrer e lavar a louça sozinha, além de arrancar as ervas daninhas da horta. Ma lembrou que Mary era de grande ajuda no trabalho dentro de casa, e disse que, agora que os animais podiam passar a noite ao ar livre, não tinham mais tantas tarefas no fim da tarde.

– Vamos sentir sua falta, Laura, mas podemos dar um jeito – ela garantiu.

Na manhã seguinte, não houve tempo a perder. Laura buscou água, ordenhou Ellen, correu para se lavar, escovar o cabelo, trançá-lo e prendê-lo. Ela vestiu seu vestido mais novo, meias e sapatos. Então enrolou o dedal no avental recém-passado.

Ela nem sentiu o gosto do pouco de café da manhã que teve tempo de comer. Colocou a touca na cabeça e saiu com Pa. Os dois começariam a trabalhar na cidade às sete da manhã.

A manhã estava fresca. As cotovias-do-prado cantavam, e do Grande Charco levantavam voo abetouros-americanos, com as pernas compridas no ar e o pescoço esticado, dando um grito curto e estrondoso. Era uma manhã linda e viva, mas Pa e Laura estavam com pressa. Era como se apostassem uma corrida com o sol.

O sol se levantou sem fazer esforço, enquanto os dois continuavam caminhando o mais rápido possível, seguindo ao norte pela estrada até chegar ao extremo sul da rua principal.

A cidade estava tão mudada que parecia um lugar completamente diferente. Dois quarteirões inteiros do lado oeste da rua principal estavam cheios de construções novas de madeira amarelada. Haviam feito uma calçada de tábuas na frente delas. Pa e Laura não tinham tempo de atravessar para pegá-la. Correram em fila indiana ao longo do caminho estreito de terra do outro lado da rua.

Daquele lado, a pradaria ainda cobria os terrenos desocupados, até o estábulo e a loja de Pa, na esquina da rua principal com a segunda rua. Mais além, na esquina do outro lado da segunda rua, estavam subindo uma loja. Mais além ainda, o caminho voltava a passar por terrenos vazios até chegar à loja do senhor Clancy.

Tudo era novo lá dentro, e ainda cheirava a pinheiro e um pouco à goma das peças de tecido. Atrás de dois longos balcões, ao longo das duas paredes, havia prateleiras compridas com peças de musselina, calicô, cambraia, lã fina, caxemira, flanela e até seda indo até o teto.

Não havia mantimentos, ferragens, sapatos ou ferramentas na loja. Era apenas um armarinho. Laura nunca havia visto uma loja que não vendia nada além daqueles produtos.

À sua direita, havia um balcão de vidro curto, com cartões de botões de todos os tipos, papéis com agulhas e alfinetes. O balcão ao lado tinha uma seção de carretéis com linhas de todas as cores, que ficavam lindas à luz que entrava pela janela.

A máquina de costura ficava atrás da extremidade do outro balcão, próxima à janela. Suas partes metálicas e sua agulha comprida cintilavam, suas partes de madeira envernizada brilhavam. Um carretel de linha branca tinha sido passado nela. Laura não a tocaria por nada no mundo.

O senhor Clancy estava abrindo peças de calicô para dois homens que estavam usando camisas muito sujas. Uma mulher grande e gorda com cabelo preto bem penteado alfinetava moldes em papel-jornal a um pedaço de calicô xadrez aberto na bancada próxima à máquina de costura. Pa tirou o chapéu e a cumprimentou.

– Senhora White, esta é minha filha Laura.

A senhora White tirou alguns alfinetes da boca e disse:

– Espero que seja rápida e costure bem. Sabe alinhavar revés e fazer casas de botão resistentes?

– Sim, senhora – Laura disse.

– Bem, então pode pendurar sua touca naquele prego ali, e vamos começar – disse a costureira.

Pa sorriu para Laura e foi embora.

Ela torcia para que seu tremor logo passasse. Pendurou a touca, amarrou o avental e colocou o dedal. A senhora White lhe passou as partes de uma camisa para alinhavar e disse a Laura para se sentar na cadeira à janela, perto da máquina de costura.

A menina puxou ligeiramente a cadeira de encosto reto, de modo que a máquina de costura a escondesse um pouco de quem passava pela rua. Ela baixou a cabeça e começou a alinhavar.

A senhora White não disse nada. Continuava alfinetando o molde ao tecido, ansiosa e nervosa, e cortava camisa após camisa com uma tesoura bem grande. Assim que Laura terminava de alinhavar uma camisa, a mulher a pegava e lhe dava outra.

Depois de um tempo, a senhora White se sentou à máquina de costura. Ela girou o volante com a mão, e seus pés começaram a trabalhar rápido no pedal no chão, que mantinha o volante girando. O zumbido constante da máquina enchia a cabeça de Laura como o zumbido de uma abelha gigante. O volante era um borrão, e a agulha era um raio de luz. As mãos gordas da senhora White moviam o tecido, passando-o depressa pela máquina.

Laura alinhavava tão rápido quanto possível. Colocava cada camisa alinhavada sobre a pilha sempre diminuindo do lado esquerdo da senhora White, pegava as partes que estavam na bancada próxima e alinhavava também. A costureira pegava as camisas alinhavadas da pilha, passava na máquina e voltava a empilhar do seu lado direito.

Havia um padrão na maneira como as camisas iam da bancada para Laura e depois para a pilha, da pilha para a senhora White, para a máquina de costura e para a outra pilha. Lembrava o trabalho circular dos homens e das parelhas na pradaria para construir a ferrovia. Apenas as mãos de

Laura trabalhavam, movimentando a agulha tão rápido quanto possível ao longo da costura.

Os ombros dela começaram a doer, e a nuca, também. Laura sentia um aperto no peito e as pernas cansadas e pesadas. O zumbido alto da máquina de costura parecia estar dentro de sua cabeça.

De repente, a máquina de costura parou.

– Pronto! – disse a senhora White, que havia costurado a última camisa alinhavada.

Laura ainda precisava alinhavar uma manga à cava. As partes de outra camisa a esperavam na bancada.

– Eu alinhavo essa – disse a senhora White, pegando-as. – Estamos atrasadas.

– Sim, senhora – Laura disse. Embora sentisse que deveria ter trabalhado mais rápido, havia feito o melhor que podia.

Um homem grande surgiu à porta. Tinha o rosto empoeirado e a barba ruiva por fazer.

– Minhas camisas estão prontas, Clancy?

– Ficarão prontas depois do meio-dia – o lojista respondeu.

Depois que o homem foi embora, o senhor Clancy perguntou à senhora White quando as camisas dele ficariam prontas. A senhora White respondeu que não sabia quais eram as camisas daquele homem. Então o senhor Clancy xingou.

Laura se encolheu na cadeira e continuou alinhavando, tão rápido quanto possível. O senhor Clancy pegou as camisas da pilha e quase as jogou na senhora White. Ainda gritando e xingando, ele disse que ela precisava terminá-las antes do almoço ou teria de se explicar.

– Não vou ser pressionada e acossada! – a senhora White estourou. – Nem por você nem por nenhum outro irlandês pobretão.

Laura mal ouviu o que o senhor Clancy disse depois. Desejava desesperadamente estar em outro lugar. Mas a senhora White a chamou para almoçar com ela. As duas foram para a cozinha, que ficava nos fundos da loja. O senhor Clancy as seguiu, furioso.

A cozinha era quente e apertada. A senhora Clancy começou a colocar o almoço na cozinha, enquanto três meninas e um menino empurravam uns aos outros das cadeiras. O senhor e a senhora Clancy e a senhora White, discutindo alto, sentaram-se e comeram com vontade. Laura não conseguia entender a discussão. Não sabia nem dizer se o senhor Clancy discutia com a esposa ou com a sogra, ou se as duas discutiam com ele ou entre si.

Todos pareciam tão bravos que Laura teve medo de que pudessem bater uns nos outros. Então o senhor Clancy dizia "Passe o pão" ou "Encha minha caneca, por favor". E a senhora Clancy obedecia, ao mesmo tempo em que todos se xingavam e gritavam. As crianças nem prestavam atenção. Laura ficou tão incomodada que não conseguiu nem comer: só queria ir embora. Ela voltou a trabalhar assim que possível.

O senhor Clancy chegou da cozinha assoviando, como se houvesse tido um almoço tranquilo com a família. Então perguntou à senhora White, animado:

– Quanto tempo mais para terminar aquelas camisas?

– Menos de duas horas – a senhora White prometeu. – Vamos trabalhar as duas nelas.

Laura pensou em Ma dizendo: *É preciso todo tipo de gente no mundo.*

Em duas horas, elas terminaram as quatro camisas. Laura alinhavou os colarinhos com cuidado – era difícil costurá-los da maneira adequada. A senhora White os passou na máquina de costura. Depois colocaram os punhos nas mangas e fizeram uma barra estreita por toda a parte de baixo. Então juntaram a parte da frente e fizeram o acabamento dos punhos. Ainda precisavam pregar os botõezinhos e fazer todas as casas de botão.

Não era fácil espaçar igualmente as casas, e era muito difícil fazê-las exatamente do mesmo tamanho. Com o menor deslize, a casa ficava grande demais, enquanto um único fio que não fosse cortado a deixava pequena demais.

Depois de abrir as casas, Laura cobriu os contornos com pontinhos apertados, todos do mesmo comprimento e bem próximos. Ela odiava tanto casear que aprendera a fazer aquilo bem depressa, para acabar logo. A senhora White notou isso e disse:

– Você é mais rápida do que eu caseando.

Quando as quatro camisas ficaram prontas, restavam apenas três horas de trabalho no dia. Laura voltou a alinhavar as outras camisas, enquanto a senhora White cortava mais.

Laura nunca havia passado tanto tempo sentada. Os ombros doíam, o pescoço doía, os dedos estavam ásperos das picadas da agulha, os olhos ardiam, e a visão embaçava. Ela teve de desmanchar o alinhavo e refazê-lo duas vezes. Quando Pa chegou, Laura ficou feliz em se levantar e deixar o trabalho de lado.

Eles voltaram para casa caminhando rápido. O dia havia se passado, e o sol já estava se pondo.

– Gostou do seu primeiro dia de trabalho pago, canequinha? – Pa perguntou. – Saiu-se bem?

– Acho que sim – ela respondeu. – A senhora White elogiou minhas casas de botão.

O mês das rosas

Ao longo de todo aquele mês de junho encantador, Laura costurou camisas. As rosas floresciam por toda a extensão da pradaria, mas ela só as via pela manhã, quando corria com Pa para o trabalho.

O céu brando da manhã ficava cada vez mais azul, e já se podiam ver algumas nuvens de verão nele. As rosas perfumavam o ar, e ao longo da estrada os botões lembravam rostinhos, com suas pétalas e seu miolo dourado.

Laura sabia que ao meio-dia haveria grandes nuvens brancas se deslocando pelo céu azul. Suas sombras cobririam as gramíneas, e as rosas balançariam ao vento. Mas ao meio-dia ela estaria na cozinha barulhenta da loja.

À noite, quando Laura voltava para casa, as rosas da manhã já tinham desbotado, e suas pétalas eram levadas pelo vento.

Mas Laura estava velha demais para brincar. E era maravilhoso pensar que já estava recebendo um bom salário. Todo sábado à noite, a senhora White contava um dólar e cinquenta centavos, que Laura levava para Ma.

– Não gosto de ficar com todo o seu dinheiro, Laura – Ma disse uma vez. – Acho que você deveria ficar com um pouco.

– Ora, Ma, para quê? – Laura perguntou. – Não preciso de nada.

Seus sapatos estavam bons; suas meias, suas roupas de baixo e seu vestido estavam quase novos. A semana toda, Laura esperava pelo prazer de entregar a Ma seu salário. Muitas vezes, ela pensava que aquilo era apenas o começo.

Dali a dois anos, teria dezesseis, o bastante para dar aula na escola. Se ela estudasse fielmente, com afinco, conseguisse obter um certificado de professora e encontrasse uma escola onde lecionar, seria de grande ajuda para Pa e Ma. Então poderia começar a pagar a eles tudo o que haviam gastado com ela desde que era bebê. E depois poderiam mandar Mary para a faculdade.

Às vezes, ela quase se atrevia a perguntar a Ma se não havia alguma forma de já mandar Mary para a escola, contando com seus futuros rendimentos para mantê-la estudando. Mas Laura nunca chegou a fazê-lo, com medo de que Ma dissesse que seria arriscado demais.

Ainda assim, a vaga esperança fazia com que seguisse mais animada para a cidade e o trabalho. O salário ajudava muito. Ela sabia que Ma se esforçava ao máximo para economizar e que Mary iria para a faculdade assim que pudessem mandá-la.

A cidade parecia uma ferida na pradaria selvagem. Pilhas de feno e estrume apodreciam em volta dos estábulos; os fundos das fachadas falsas das lojas eram feios. Até mesmo a grama da segunda rua estava morta agora, e uma poeira soprava entre as construções. A cidade cheirava a ranço, pó, fumaça e gordura de cozinha. Os *saloons* emanavam um odor úmido, e as portas dos fundos, onde a água da louça era jogada, tinham um cheiro de mofo e azedo. Mas, depois que se passava certo tempo na cidade, a pessoa nem notava mais os cheiros, e era interessante ver os desconhecidos passando.

Os meninos e as meninas que Laura havia conhecido na cidade, no inverno anterior, não estavam mais lá: agora moravam na propriedade da família. Os lojistas ficavam na cidade para cuidar de seus negócios e dormiam nos quartos do fundo, enquanto as esposas e as crianças passavam o verão todo em cabanas na pradaria. A lei dizia que um homem não podia manter uma propriedade a menos que sua família morasse nela pelo menos seis meses por ano, ao longo de cinco anos. Ele também precisava manter dez acres de terra cultivável e manter plantações durante cinco anos antes que o governo lhe transferisse de fato a escritura da propriedade. Mas ninguém conseguia sobreviver daquela terra. Portanto, as mulheres e meninas passavam o verão nas cabanas para cumprir a lei, e os meninos aravam a terra e plantavam, enquanto os pais construíam a cidade e tentavam ganhar dinheiro para comprar comida e ferramentas do leste.

Quanto mais Laura conhecia a vida da cidade, mais se dava conta de que sua família tinha uma boa vida. Isso porque Pa estava um ano inteiro à frente dos outros. Ele havia preparado a terra no ano anterior. Agora, tinham uma horta, a plantação de aveia e a segunda plantação de milho, que estava crescendo muito bem. No inverno, o feno alimentaria os animais, e Pa poderia vender o milho e a aveia para comprar carvão. Os colonos que estavam começando agora se encontravam na situação em que Pa estivera um ano antes.

Quando Laura levantava os olhos do trabalho, conseguia ver quase a cidade inteira, porque a maioria das construções se concentrava nos dois quarteirões do outro lado da rua. As lojas de diferentes alturas tinham fachadas falsas com cantos quadrados, que tentavam dar a impressão de que tinham dois andares.

O Hotel Mead, que ficava ao fim da rua, e o Hotel Beardsley, que estava quase na frente de Laura, e a loja de móveis Tinkham, mais ou menos no meio do outro quarteirão, tinham mesmo dois andares. Cortinas esvoaçavam nas janelas superiores, mostrando a honestidade daquelas construções em meio à fileira de fachadas falsas.

Essa era a única coisa que os diferenciava das outras construções. Eram todos de madeira de pinheiro, que começava a acinzentar. Cada loja tinha duas janelas grandes na frente e uma porta entre elas. Todas as portas estavam abertas, por causa do bom tempo, mas sempre havia uma segunda porta, de tela, que consistia em um mosquiteiro rosa pregado a uma moldura.

À frente delas, havia uma calçada de tábuas, ao longo da qual se encontravam postes para amarrar os animais. Havia sempre alguns cavalos à vista, amarrados aos postes, e às vezes uma carroça com uma parelha de cavalos ou bois.

De vez em quando, depois de cortar a linha com os dentes, Laura via um homem do outro lado da calçada desamarrar o cavalo, montar nele e ir embora. Às vezes, ela ouvia uma parelha e uma carroça, e, quando o barulho era mais alto, Laura levantava a cabeça para vê-la passar.

Um dia, uma confusão irrompeu, e ela se assustou com gritos. Então viu um homem alto saindo de um *saloon* e a porta de tela se fechando audivelmente atrás dele.

O homem se virou de maneira muito arrogante e olhou para a porta de tela com altivez, então levantou uma única perna comprida e enfiou o pé no mosquiteiro rosa com desdém. A tela rasgou de cima a baixo. Ouviu-se um grito de protesto de dentro do *saloon*.

Ele não se importou com o grito. Deu as costas e deparou com um homem baixo e rechonchudo. O homem baixo queria entrar no *saloon*. O homem alto queria ir embora. Estavam um no caminho do outro.

O homem alto manteve a altivez e as costas retas. O homem baixo encheu o peito, orgulhoso.

O dono do *saloon* foi à porta para reclamar da tela rasgada. Nenhum deles prestou atenção. Os dois continuaram se olhando, parecendo cada vez mais ameaçadores.

De repente, o homem alto soube o que fazer. Enlaçou o braço gordo do outro com seu braço comprido, e os dois desceram a rua juntos, cantando:

> *Reme para a costa, marinheiro!*
> *Reme para a costa!*
> *Ao vento forte não dê atenção...*

O homem alto ergueu solenemente a perna comprida e enfiou o pé na porta de tela do senhor Harthorn. Ouviu-se alguém gritar:

– Ei! Mas o que...

Os dois homens continuaram cantando:

Mesmo que ruja na direção oposta!
Reme para a costa, marinheiro!

Eles continuavam tão altivos quanto possível. As pernas compridas do homem mais alto lhe permitiam dar passos impossivelmente longos. O homenzinho de peito estufado tentava esticar suas pernas curtas ao máximo.

Ao vento forte não dê atenção...

Em seguida, o homem alto enfiou o pé na porta de tela do hotel Beardsley. O senhor Beardsley saiu, fumegando. Os homens continuaram marchando solenemente.

Mesmo que ruja na direção oposta!

Laura ria tanto que lágrimas escorriam de seus olhos. O senhor Barker saiu para protestar. As pernas compridas e as pernas curtas e gordas se afastaram dele rapidamente.

Reme para a costa, marinheiro!

O homem alto chutou a porta de tela da loja de rações. Royal Wilder a abriu e disse o que achava daquilo.

Os dois homens o ouviram, sérios, até que ele parou para respirar. Então o gorducho disse, de maneira muito digna:

– Meu nome é Tay Pay Pryor e estou bêbado.

Eles seguiram em frente, de braços dados e cantando. Primeiro o bem gorducho:

Meu nome é Tay Pay Pryor...

E depois os dois juntos, como rãs-touros:

... e estou bêbado!

O homem alto não dizia que seu nome era Tay Pay Pryor, mas sempre se juntava solenemente ao outro na hora de dizer "e estou bêbado!".

Eles entraram no outro *saloon*, batendo a porta de tela atrás de si. Laura segurou o fôlego, mas aquele mosquiteiro ficou intacto.

Ela riu até que as laterais de seu corpo doessem. Não conseguiu parar nem mesmo quando a senhora White disse que era terrível o que os homens faziam quando bebiam demais.

– Imagine os custos das portas de telas – a senhora White disse. – Você me surpreende. Os jovens de hoje parecem não pensar muito nas coisas.

Naquela noite, quando Laura descreveu os dois homens para que Mary pudesse vê-los, ninguém riu.

– Minha nossa, Laura. Como pode rir de homens bêbados? – Ma a repreendeu.

– Que coisa terrível! – Mary acrescentou.

Pa disse:

– O mais alto era Bill O'Dowd. Sei que o irmão o trouxe para cá para mantê-lo longe da bebida. Uma cidade com dois *saloons* é uma cidade com dois *saloons* a mais que o necessário.

– É uma pena que mais homens não pensem como você, Charles – disse Ma. – Começo a acreditar que, se não puserem um fim ao comércio de bebidas, as mulheres deverão se levantar e dizer o que pensam.

Os olhos de Pa brilharam para ela.

– E sei que você tem muito a dizer, Caroline. Ma nunca permitiu que eu duvidasse dos males da bebida, tampouco vocês.

– De qualquer maneira, é uma pena que essas coisas aconteçam diante dos olhos de Laura – comentou Ma.

Pa olhou para Laura, com os olhos ainda brilhando. Laura sabia que ele não a culpava por ter rido.

Nove dólares

O senhor Clancy já não estava mais recebendo tantas encomendas de camisas. Parecia que a maior parte dos homens que ia comprar camisas naquele ano já havia comprado. Em um fim de sábado, a senhora White disse:

– O movimento da primavera parece ter acabado.

– Sim, senhora – concordou Laura.

A senhora White contou um dólar e cinquenta centavos e entregou a ela.

– Não vou precisar mais de você. Não há necessidade de vir na segunda-feira – a mulher disse. – Adeus.

– Adeus – disse Laura.

Tinham sido seis semanas de trabalho, pelas quais Laura recebera nove dólares. Seis semanas antes, um dólar parecia a ela muito dinheiro, mas agora nove dólares não eram o bastante. Se tivesse trabalhado mais uma semana, teria chegado a dez dólares e cinquenta centavos; se tivesse trabalhado mais duas semanas, teria chegado a doze dólares.

Laura sabia que seria bom voltar a ficar na propriedade, ajudar a cuidar da casa, realizar as tarefas, trabalhar na horta, sair para caminhar com Mary e colher flores-do-campo, aguardando ansiosamente que Pa voltasse. Mas se sentia descartada, vazia por dentro.

Ela seguiu pela rua principal, devagar. Pa estava trabalhando em uma construção na esquina da segunda rua. Ele se encontrava ao lado de uma pilha de telhas, esperando por Laura. Quando a viu, cantarolou:

– Veja o que vamos levar para Ma hoje!

À sombra das telhas, havia uma cesta coberta com um saco de grãos. Dentro, ouvia-se um raspar de pés e um coro de pios. Os pintinhos!

– Boast trouxe hoje – disse Pa. – São catorze, todos eles saudáveis e prosperando.

O rosto todo dele sorria, antecipando o deleite de Ma.

– A cesta não é tão pesada – ele disse a Laura. – Pegue uma alça, que eu pego a outra; assim dividimos o peso.

Eles desceram a rua principal e pegaram a estrada para casa, levando a cesta consigo. O sol estava se pondo e deixava todo o céu vermelho e dourado. O ar resplandecia, e, a leste, o lago Silver parecia pegar fogo. Da cesta, vinham os pios inquisidores e ansiosos dos pintos.

– A senhora White não me quer mais – Laura disse.

– Sim, imagino que o movimento da primavera deva estar acabando.

Laura não havia pensado que Pa também poderia ficar sem trabalho.

– Ah, Pa, não haverá mais serviço de carpintaria?

– Não estávamos esperando que durasse todo o verão – ele disse. – De qualquer modo, logo precisarei me concentrar no feno.

Depois de um tempo, Laura disse:

– Só ganhei nove dólares.

– Nove dólares não é pouca coisa – disse Pa. – E você fez um bom trabalho e deixou a senhora White satisfeita, não foi?

– Sim – Laura respondeu, porque era verdade.

– Então muito bem.

Aquilo lhe dava certa satisfação, de modo que Laura se sentiu um pouco melhor. E ainda estavam levando os pintinhos para casa.

Ma ficou encantada quando os viu. Carrie e Grace se aproximaram para espiar a cesta, e Laura contou a Mary o que via. Eram pintinhos saudáveis e agitados, com olhinhos pretos e pés bem amarelos. Já estavam perdendo a penugem de filhotes, o que deixava partes do pescoço expostas. Penas novas surgiam nas asas e nos rabos. Eram de todas as cores que galinhas podiam ser, algumas com pintas.

Ma pegou um pintinho com cuidado.

– Não é possível que tenham nascido todos ao mesmo tempo – ela comentou. – Parece que há dois machos.

– Os Boasts começaram a criar galinhas tão cedo que já devem estar planejando comer frango neste ano – disse Pa. – Talvez por isso a senhora Boast tenha separado alguns galos do bando, pensando na carne.

– Sim, e os substituído por fêmeas, que botam ovos – Ma imaginou. – Parece algo que a senhora Boast faria. Nunca vi mulher mais generosa.

Ela carregou os pintinhos no avental e colocou um a um no galinheiro que Pa havia feito. A frente era de ripas, para deixar o ar e o sol entrarem, e tinha uma portinha com trinco de madeira. Não contava com piso, mas tinha sido posicionado na grama fresca, a qual as galinhas podiam comer. Quando a grama ficasse suja e esmagada, seria só transferir o galinheiro para outro lugar.

Em uma assadeira velha, Ma juntou farelos de grãos e misturou bem. Então colocou-a no galinheiro, e os pintinhos se reuniram em volta, devorando a mistura tão avidamente que às vezes tentavam engolir os próprios dedos dos pés por engano. Quando não aguentaram mais comer, empoleiraram-se na beira da vasilha de água, encheram o bico de água, esticaram o pescoço e inclinaram a cabeça para trás, para engolir.

Ma disse que seria tarefa de Carrie alimentar os pintinhos e manter a vasilha com água fresca. No dia seguinte, ela deveria levá-los para correr um pouco. Caberia a Grace ficar atenta aos falcões.

Depois do jantar, ela mandou Laura se certificar de que os pintinhos estavam tranquilos. As estrelas brilhavam sobre a pradaria escura, e a lua crescente estava baixa a oeste. As gramíneas respiravam suavemente, adormecidas na calmaria da noite.

Laura passou a mão delicadamente sobre os pintinhos, que dormiam juntos a um canto do galinheiro. Depois, ficou olhando para a noite de verão. Ela só se deu conta de quanto tempo fazia que estava ali quando viu a mãe chegando.

– Ah, aí está você – Ma disse, baixo. Como Laura havia feito, Ma se ajoelhou e passou a mão por cima da porta do galinheiro para tocar os pintinhos recolhidos. Depois também ficou ali, olhando. – Este lugar logo vai começar a parecer uma fazenda.

As plantações de aveia e trigo eram sombras pálidas no breu, e a horta estava cheia de folhas escuras. Como poças da luz vaga das estrelas, espalhavam-se entre elas os pepinos e as abóboras. Mal se enxergava o estábulo, mas uma luz amarela brilhava na janela da casa.

De repente, sem pensar, Laura disse:

– Ah, Ma, como eu gostaria que Mary pudesse ir para a faculdade neste outono.

– Talvez ela possa – Ma respondeu, de maneira inesperada. – Eu e Pa estivemos falando a respeito.

Laura ficou muda por um minuto. Depois perguntou:

– Vocês... chegaram a dizer algo a ela?

– Ainda não. Não devemos criar esperanças para depois destroçá-las. Mas, com o salário de Pa, a aveia e o trigo, se tudo der certo, achamos que ela poderá começar a estudar no outono. Teremos que dar um jeito de mantê-la ao longo de sete anos, entre o curso e o treinamento.

Então, pela primeira vez, Laura se deu conta de que, se Mary fizesse faculdade, iria embora. Mary iria embora. Ela não estaria lá em nenhum momento do dia. Laura nem conseguia imaginar uma vida sem Mary.

– Ah, eu queria... – ela começou a dizer, mas se interrompeu. Fazia tempo que esperava ansiosa que a irmã pudesse fazer faculdade.

– Sim, sentiremos falta dela – Ma disse, firme. – Mas devemos pensar na grande oportunidade que seria para Mary.

– Eu sei, Ma – Laura disse, triste.

A noite agora estava ampla e vazia. A luz que chegava da casa era quente e constante, mas aquela casa não seria a mesma quando Mary não estivesse mais nela.

Então Ma disse:

– Seus nove dólares serão de grande ajuda, Laura. Tenho feito planos, e acredito que com nove dólares possa comprar o necessário para fazer um belo vestido para ela e talvez até veludo para um chapéu.

Quatro de Julho

BUM!

Laura acordou com o quarto escuro. Carrie perguntou, em um sussurro assustado:

– O que foi isso?

– Não tenha medo – Laura disse.

Elas ficaram ouvindo. A janela estava acinzentada, na escuridão, mas Laura sabia que metade da noite já havia se passado.

BUM! O ar pareceu estremecer.

– Minha nossa! – Pa exclamou, sonolento.

– O que é? – Grace perguntou. – Pa, Ma, o que é?

Carrie perguntou:

– Quem foi? Quem está dando tiros?

– Que horas são? – Ma perguntou.

Do outro lado da divisória, Pa disse:

– É o Dia da Independência, Carrie.

Então o ar se sacudiu outra vez. *BUM!*

Não eram armas. Era pólvora explodindo sob a bigorna do ferreiro, na cidade. Aquilo lembrava o barulho das batalhas que os americanos travaram por sua independência. No Quatro de Julho, os americanos declararam que todos os homens nasciam livres e iguais. *BUM!*

– Vamos, meninas. É melhor nos levantarmos – Ma disse.

Pa cantarolou o hino:

– *"Ó, diga, você consegue ver, na primeira luz do amanhecer?"*

– Charles! – Ma protestou, mas estava rindo, porque estava escuro demais para ver.

– Não há motivo para solenidade! – Ele pulou da cama. – Viva! Somos americanos!

Então cantou:

Viva! Viva! Vamos cantar em comemoração!
Viva! Viva! Sob essa bandeira os homens livres são!

Até o sol, que começava a subir no céu mais claro, parecia saber que aquele era o glorioso Quatro de Julho. No café da manhã, Ma comentou:

– Seria o dia perfeito para um piquenique de Quatro de Julho.

– Talvez a cidade já tenha crescido o bastante para fazer um no ano que vem – Pa disse.

– Não poderíamos fazer um piquenique neste ano, de qualquer maneira. Não pareceria um sem frango frito.

Depois de um início tão promissor, o dia agora parecia vazio. Uma data tão especial parecia sugerir um acontecimento especial, mas nada de especial aconteceria.

– Estou com vontade de me arrumar – Carrie disse, enquanto lavavam a louça.

– Eu também, mas não há motivo para isso – Laura disse.

Quando ela levou a bacia para esvaziar longe da casa, notou que Pa olhava para a plantação de aveia, que crescia densa e alta, entre o cinza e o verde, e agora balançava suavemente ao vento. O milho também crescia exuberante. Suas folhas compridas e verde-amareladas quase não deixavam ver o terreno. Na horta, o pepineiro se espalhava, suas vinhas rastejando e se desenrolando além das folhas grandes. Entre as fileiras de ervilha e feijão podiam ser vistas folhas escuras e compridas, caules vermelhos. As fisális já eram pequenos arbustos. Ao longo das gramíneas, os pintinhos corriam, perseguindo insetos para comer.

Era satisfação o suficiente para um dia comum, mas no Quatro de Julho deveriam ter mais.

Pa também se sentia assim. Não tinha nada para fazer, porque no Quatro de Julho não se podia fazer nenhum tipo de trabalho além das tarefas do lar e da manutenção dos animais. Ele logo entrou na casa e disse a Ma:

– Vai haver uma espécie de celebração na cidade hoje. Gostaria de ir?

– Que tipo de celebração? – Ma perguntou.

– Bem, principalmente corridas de cavalos, mas também recolheram fundos para limonada – Pa respondeu.

– Provavelmente não haverá mulheres nas corridas de cavalos – Ma disse. – E eu não apareceria para visitar ninguém sem ser convidada no Quatro de Julho.

Laura e Carrie quase explodiam de ansiedade enquanto Ma pensava a respeito. Por fim, ela balançou a cabeça.

– Vá você, Charles. Seria demais para Grace, de qualquer maneira.

– Será muito mais agradável ficar em casa – Mary disse.

Então Laura falou:

– Ah, Pa, se você vai, Carrie e eu podemos ir também?

Os olhos dele pareceram em dúvida, então brilharam para ela e Carrie. Ma sorriu.

– Sim, Charles, será um passeio agradável para vocês – ela disse. – Corra até o porão e traga manteiga, Carrie. Enquanto vocês se trocam, vou fazer sanduíches.

De repente, realmente parecia ser Quatro de Julho. Ma preparou os sanduíches, Pa engraxou as botas, e Laura e Carrie se trocaram rapidamente. Por sorte, o vestido de florzinhas de Laura tinha acabado de ser lavado e passado. Ela e Carrie se revezaram para lavar o rosto, o pescoço e as orelhas, esfregando-os a ponto de deixá-los rosa, depois vestiram a roupa de baixo de musselina crua e anáguas engomadas de musselina alvejada. As duas pentearam e trançaram o cabelo. Laura enrolou as tranças pesadas na cabeça e as prendeu com grampos. Depois amarrou as fitas de domingo na ponta das tranças de Carrie. Por fim, colocou o vestido de florzinha e o abotoou nas costas. A saia rodada chegava até seus sapatos.

– Pode terminar de abotoar o meu? – Carrie pediu.

No meio das costas, havia dois botões que ela não conseguia alcançar. Todos os outros ela tinha abotoado ao contrário.

– Você não pode usar os botões para dentro em uma comemoração do Quatro de Julho – disse Laura, desabotoando o vestido e o abotoando direito.

– Se deixo os botões para fora, eles ficam puxando meu cabelo quando minhas tranças pegam neles – Carrie protestou.

– Eu sei. Era assim comigo também – disse Laura. – Mas você vai ter que aguentar até ter idade o bastante para prender as tranças.

Cada uma colocou sua touca. Pa estava esperando, com um saco de papel pardo com os sanduíches. Ma olhou para as duas atentamente e disse:

– Vocês estão muito bonitas.

– É um prazer sair com minhas duas meninas lindas – Pa comentou.

– Você também está bonito, Pa – Laura disse.

As botas dele brilhavam, sua barba estava aparada, e ele usava a roupa de domingo e o chapéu de feltro de aba larga.

– Quero ir também! – Grace pediu.

Umas duas ou três vezes, Ma teve de dizer:

– Não, Grace.

– Eu quero!

Como era a mais nova, chegavam perto de mimá-la. Mas era preciso cortar o mal pela raiz. Pa a sentou na cadeira e disse a ela, severo:

– Você ouviu sua mãe.

Cidadezinha na campina

Eles partiram sérios, tristes por causa de Grace. Mas ela tinha de aprender. Se houvesse uma grande comemoração no ano seguinte, talvez pudessem ir todos, de carroça. Agora, caminhariam, para que os cavalos pastassem livres. Eles ficariam cansados de passar o dia inteiro presos aos postes da cidade, em meio à poeira e ao calor. Grace era pequena demais para andar mais de um quilômetro e grande demais para que a levassem no colo.

Antes mesmo de chegarem à cidade, eles já ouviam sons de estouro. Carrie perguntou o que era, e Pa explicou que eram fogos de artifício.

Viam-se cavalos amarrados por toda a extensão da rua principal. Havia tantos homens e meninos na calçada que quase chegavam a encostar uns nos outros. Na rua empoeirada, os meninos acendiam fogos de artifício, que chiavam e explodiam. O barulho era assustador.

– Eu não sabia que seria assim – Carrie murmurou.

Laura tampouco estava gostando. Nunca haviam ficado em meio a tanta gente. Não havia nada a fazer a não ser andar de um lado a outro, e ficar entre tantos desconhecidos a deixava desconfortável.

Eles passaram duas vezes pelos dois quarteirões, então Laura perguntou a Pa se ela e Carrie não podiam ficar esperando na loja dele. Pa disse que era uma boa ideia. Assim, elas poderiam ficar vendo a multidão enquanto ele circulava um pouco. Depois comeriam os sanduíches e veriam as corridas. Pa as levou até a casa vazia, e Laura fechou a porta depois de entrarem.

Era agradável ficarem só as duas naquele espaço vazio, onde o som ecoava. Elas olharam para a antiga cozinha aos fundos, onde haviam passado o longo e duro inverno. Então subiram na ponta dos pés até os quartos quentes sob os beirais do telhado e ficaram olhando da janela para a multidão, enquanto os fogos de artifício chiavam e explodiam na terra.

– Queria que tivéssemos fogos de artifício – Carrie disse.

– São armas – Laura fingiu. – Estamos no Forte Ticonderoga, e aquelas pessoas são ingleses e índios. Somos americanos lutando pela independência.

– Quem estava dentro do Forte Ticonderoga eram os ingleses. Depois os Green Mountain Boys o tomaram deles.

– Então estamos com Daniel Boone no Kentucky, dentro de uma paliçada de troncos – disse Laura. – Os ingleses e os índios os capturaram.

– Quanto acha que fogos de artifício custam? – Carrie perguntou.

– Mesmo que Pa tivesse dinheiro para comprar, seria tolice gastar só para fazer um pouco de barulho – Laura disse. – Veja aquele pônei. Vamos escolher os cavalos de que mais gostamos. Você pode começar.

Havia tanto a ver que elas quase não acreditaram que já era meio-dia quando ouviram as botas de Pa no andar de baixo e ele chamando:

– Meninas? Onde vocês estão?

As duas correram para baixo. Ele estava se divertindo, e seus olhos brilhavam.

– Trouxe uma iguaria para nós! Arenque defumado para comer com o pão com manteiga. E vejam o que mais!

Pa mostrou a elas alguns fogos de artifício.

– Ah, Pa! – Carrie exclamou. – Quanto custaram?

– Nem um centavo – ele disse. – Foi Barnes quem me deu, para que eu desse a vocês.

– Por que ele faria isso? – Laura perguntou. Nunca tinha ouvido falar de nenhum Barnes.

– Ah, acho que ele vai entrar na política – disse Pa. – Age como se fosse, sendo sempre afável e agradável com todo mundo. Querem que eu acenda agora ou depois de comermos?

Laura e Carrie estavam pensando a mesma coisa e souberam disso no instante em que olharam uma para a outra.

– Vamos guardar para depois, Pa – Carrie disse. – Podemos levar para Grace.

– Está bem – Pa disse.

Ele guardou os fogos de artifício no bolso e abriu o arenque defumado enquanto Laura pegava o pacote de pão com manteiga. O arenque estava delicioso. Eles guardaram um pouco para levar para Ma. Depois de acabar com todo o pão com manteiga, foram até o poço e beberam bastante água do balde transbordante que Pa puxara. Depois eles lavaram as mãos e os rostos quentes e os secaram com o lenço de Pa.

Tinha chegado a hora das corridas. A multidão atravessava os trilhos do trem e se dirigia à pradaria. Havia uma bandeira americana hasteada ali, tremulando. O sol brilhava quente, e uma brisa fresca soprava.

Ao lado do mastro, um homem se erguia sobre a multidão. Devia estar em cima de alguma coisa. O barulho de conversa morreu quando ele começou a falar.

– Muito bem, rapazes – o homem disse. – Não sou bom em falar em público, mas hoje é o glorioso Quatro de Julho. Nesta data, nossos antepassados se libertaram dos déspotas da Europa. Não havia muitos americanos na época, mas eles não tolerariam que um monarca os tiranizasse. Tiveram de enfrentar o Exército inglês, os hessianos contratados e os peles-vermelhas selvagens e assassinos que aqueles aristocratas vestidos de ouro soltaram em nossos assentamentos depois de pagá-los para matar, queimar e escalpelar mulheres e crianças. Alguns poucos americanos descalços tiveram de lutar contra todos eles e vencê-los, e eles lutaram e venceram! Sim, senhor! Vencemos os ingleses em 1776 e vencemos de novo em 1812, e expulsamos as monarquias da Europa daqui, do México e de todo esse continente há menos de vinte anos, e juro, sim, senhor, juro por essa bandeira bem aqui, tremulando sobre minha cabeça, que, sempre que os déspotas da Europa ofenderem este país, vamos vencê-los!

– Viva! Viva! – todos gritaram.

– Viva! Viva! – Laura, Carrie e Pa gritaram também.

– Bem, por isso estamos aqui hoje – o homem prosseguiu. – Todos aqui somos cidadãos independentes na terra de Deus, o único país no mundo onde um homem é livre e independente. Hoje é Quatro de Julho, o dia em que tudo isso começou, e deveríamos estar realizando uma cerimônia maior e melhor que esta. Mas não temos como fazer muito neste ano. A maioria de nós já está fazendo o impossível. No ano que vem, provavelmente alguns de nós estarão em melhores condições e serão capazes de organizar uma bela celebração do Quatro de Julho. Enquanto isso, estamos aqui. É Quatro de Julho, e nesta data é preciso ler a Declaração de Independência. Parece que foi escolhido para isso, portanto preparem-se, rapazes. Lerei agora.

Laura e Carrie sabiam a Declaração de Independência de cor, claro, mas ouvir as palavras emprestava um caráter solene e glorioso a elas. Elas deram as mãos e ficaram escutando, em meio à multidão respeitosa. As listras e as estrelas da bandeira tremulavam contra o céu azul, e as meninas pensavam nas palavras antes mesmo de ouvi-las.

> *Quando no curso dos acontecimentos humanos se torna necessário a um povo dissolver os laços políticos que os ligavam a outro e assumir entre os poderes da Terra a condição separada e igual a que lhe dão direito as leis da natureza e de Deus, um respeito digno pelas opiniões dos homens exige que declarem as causas que os conduziram à separação.*
>
> *Consideramos estas verdades evidentes por si mesmas: que todos os homens foram criados iguais, que receberam de seu Criador certos direitos inalienáveis, entre os quais se incluem o direito à vida, à liberdade e à busca da felicidade.*

Pouco depois, vinha a longa e terrível lista de crimes do rei.

> *Ele se esforçou para impedir o povoamento desses Estados [...] Obstruiu a administração da Justiça [...] Tornou os juízes dependentes da vontade dele [...] Criou uma série de novos cargos e enviou enxames de oficiais para fustigar nosso povo e devorar aquilo de que somos feitos. [...] Saqueou nossos mares, devastou nossas costas, queimou nossas cidades e destruiu a vida de nosso povo. Está, agora mesmo, transportando grandes exércitos de mercenários estrangeiros*

para concluir seu trabalho de morte, destruição e tirania, iniciada em circunstâncias de crueldade e perfídia que mal encontram paralelo nas eras mais bárbaras e são totalmente indignas do líder de uma nação civilizada. [...] Portanto, nós, os representantes dos Estados Unidos da América, reunidos em Congresso Geral, apelando ao Juiz Supremo do mundo pela retidão de nossas intenções, em nome e sob a autoridade do bom povo destas colônias, publicamos e declaramos solenemente que estas colônias são, e por direito devem ser, estados livres e independentes, que estão desobrigadas de qualquer fidelidade à Coroa britânica e que toda a ligação política entre elas e o Estado da Grã-Bretanha está e deve manter-se totalmente dissolvida, e que, como estados livres e independentes, têm todo o direito de declarar guerra [...]. E, em apoio a esta declaração, com uma firme confiança na proteção da Divina Providência, empenhamos mutuamente nossa vida, nossa fortuna e nossa sagrada honra.

Ninguém comemorou. Parecia que o mais apropriado seria dizer "amém". Mas ninguém sabia ao certo o que fazer.

Então Pa começou a cantar. De repente, estavam todos cantando junto:

> *Meu país, é sobre ti,*
> *Doce terra da liberdade,*
> *Que eu canto...*

> *Que em nossa terra brilhe*
> *A divina luz da liberdade.*
> *Grande Deus, nosso Rei,*
> *Proteja-nos por sua vontade!*

Em seguida, a multidão começou a se dispersar, mas Laura se manteve imóvel. De repente, uma ideia nova lhe ocorreu. A Declaração e a música tinham se unido em sua mente, fazendo-a concluir: *Deus é o rei dos Estados Unidos.*

Os americanos não obedecerão a nenhum rei na terra, ela pensou. *Os americanos são livres. Isso significa que precisam obedecer à sua própria consciência. Nenhum rei manda em Pa: ele é seu próprio dono. Ora, quando eu for um pouco mais velha, Pa e Ma não me dirão mais o que fazer, e ninguém mais terá o direito de me dar ordens. Terei de ser boa por conta própria.*

Aquela ideia pareceu iluminar sua mente. *É isso que significa ser livre,* Laura continuou pensando. *Significa que você precisa ser bom.* "Nosso pai é Deus, o autor da liberdade." *As leis da natureza e Deus conferem o direito à vida e à liberdade. Então é preciso respeitar as leis de Deus, porque a lei de Deus é a única coisa que garante seu direito de ser livre.*

Laura não teve mais tempo para pensar. Enquanto Carrie se perguntava por que ela estava imóvel, Pa dizia:

– Por aqui, meninas! Tem limonada grátis!

Havia barris na grama próxima ao mastro da bandeira. Alguns homens esperavam sua vez de beber da concha de metal. Conforme cada um terminava, passava a concha adiante e seguia na direção dos cavalos e das carroças na pista de corrida.

Laura e Carrie ficaram um pouco para trás, mas o homem com a concha as viu e a passou a Pa. Ele a encheu e entregou a Carrie. O barril estava quase cheio, e fatias de limão flutuavam na superfície.

– Estou vendo que colocaram bastante limão, então deve estar boa – disse Pa, enquanto Carrie bebia devagar.

Ela arregalou os olhos de prazer. Nunca havia tomado limonada.

– Acabaram de fazer – um dos homens aguardando disse a Pa. – Usaram água fresca do poço do hotel, por isso está geladinha.

Outro homem que também esperava disse:

– O gosto também depende um pouco de quanto açúcar colocaram.

Pa voltou a encher a concha e a entregou a Laura. Ela havia experimentado limonada na festa de Nellie Oleson, quando era pequena e eles moravam em Minnesota. A limonada do barril era ainda mais gostosa. Ela bebeu até a última gota da concha e agradeceu a Pa. Não seria educado pedir mais. Depois que ele bebeu, os três atravessaram a grama pisoteada até a multidão, à beira da pista de corrida. Tinham aberto um círculo na grama. A sega do arado havia deixado a terra preta fofa e nivelada. No meio e por toda a volta, as gramíneas da pradaria balançavam ao vento, exceto onde os homens e as carroças haviam deixado sua marca.

– Ah, olá, Boast! – Pa cumprimentou, e o senhor Boast atravessou a multidão para se juntar a eles. Tinha acabado de chegar à cidade, bem a tempo de ver a corrida. Como Ma, a senhora Boast preferira ficar em casa.

Quatro pôneis se aproximaram da pista. Dois baios, um cinza e um preto. Os rapazes que os montavam os alinharam em fileira.

– Em qual apostariam, caso fossem apostar? – o senhor Boast perguntou.

– Ah, no preto! – Laura exclamou.

Os pelos daquele pônei brilhavam ao sol; sua crina e seu rabo longos sopravam ao vento, como seda. Ele sacudiu sua cabeça e ajeitou as patas com elegância.

Quando foi dada a partida, todos os pôneis saíram correndo. A multidão gritava. Todo esticado, o pônei preto passou rápido, com os outros em seu encalço. A nuvem de poeira levantada pelas patas dos animais batendo os escondeu. Eles reapareceram do lado mais distante da pista, correndo a todo vapor. O pônei cinza estava ao lado do preto. Os dois corriam pescoço a pescoço, até que o cinza conseguiu alguma vantagem, fazendo a multidão gritar. Laura ainda estava torcendo pelo preto, que parecia fazer seu melhor. Pouco a pouco, ele encurtava a distância em relação ao cinza. Até que sua cabeça ultrapassou o pescoço do cinza e seu nariz esticado quase emparelhasse com o nariz dele. De repente, os quatro pôneis se aproximavam pela pista de cabeça baixa, cada vez maiores à frente da nuvem de poeira. O baio, com seu nariz branco, passou pelo preto e pelo cinza, atravessando a linha de chegada à frente dos outros dois, sob os aplausos da multidão.

– Se tivesse apostado no preto, Laura, teria perdido – disse Pa.

– É o mais bonito – Laura comentou.

Ela nunca experimentara tamanha empolgação. Os olhos de Carrie brilhavam, e suas faces estavam rosadas de empolgação também. Sua trança ficou presa em um botão, e ela a soltou, de maneira imprudente.

– Tem mais, Pa? Corridas? – Carrie perguntou.

– Claro – Pa respondeu. – As carroças já estão vindo.

O senhor Boast brincou:

– Escolha o vencedor, Laura!

A primeira parelha a adentrar a pista foi de cavalos baios puxando uma carroça leve. Eles eram iguaizinhos e avançavam como se não puxassem nada consigo. Depois vieram outras parelhas e outras carroças, mas Laura nem deu atenção a elas, porque reconheceu uma dupla de cavalos marrons. Ela recordava as cabeças alegres e orgulhosas, os pescoços curvados, o brilho dos ombros acetinados, as crinas pretas voando ao vento e caindo sobre seus olhos inteligentes, vivos e gentis.

– Ah, veja, Carrie! São os morgans! – ela gritou.

– É a parelha de Almanzo Wilder – Pa disse a Boast. – Mas o que é que os cavalos estão puxando?

Almanzo Wilder estava sentado acima dos cavalos, parecendo perfeitamente confiante e animado com seu chapéu empurrado para trás.

Ele posicionou a parelha em seu lugar, e os outros perceberam que se encontrava no assento elevado de uma carroça comprida, alta e pesada, com uma porta do lado.

– É a carroça que o irmão dele, Royal, usa para vender seus produtos – disse um homem sentado perto.

– Ele não tem a menor chance, com esse peso todo, contra as carroças leves – disse outro.

Todos olhavam para os morgans e a carroça e comentavam a respeito.

– Um dos cavalos, Prince, é o que Almanzo montou na viagem de mais de sessenta quilômetros que ele e Cap Garland fizeram no inverno passado, para trazer trigo e impedir que todos morrêssemos de fome – Pa disse ao senhor Boast. – O outro é Lady, que fugiu com os antílopes naquela vez. Ambos são ágeis e rápidos.

– Dá para ver – o senhor Boast concordou. – Mas nenhuma parelha seria capaz de puxar uma carroça tão pesada e vencer os baios de Sam Owen com sua carroça leve. O rapaz poderia ter pegado uma carroça leve emprestada de alguém.

– Ele se orgulha de ser independente – alguém disse. – Prefere perder com o que tem a ganhar com uma carroça emprestada.

– Que pena que não tem uma carroça leve ele mesmo – o senhor Boast disse.

Os cavalos marrons eram de longe os mais bonitos na pista e os mais orgulhosos. Não pareciam importar-se nem um pouco com o peso da carroça, sacudindo a cabeça, apontando as orelhas e erguendo as patas como se a terra não fosse digna de ser pisada.

Ah, que pena, que pena que eles não tenham chance, Laura pensou. Seus dedos estavam entrelaçados. Ela queria muito que aqueles cavalos orgulhosos e elegantes tivessem uma chance. Puxando uma carroça tão pesada, não tinham como ganhar.

– Ah, não é justo! – Laura exclamou.

A corrida começou. Os baios saíram depressa, ficando à frente dos outros. As pernas brilhantes trotando e as rodas girando mal pareciam tocar o chão. Eram todas carroças leves, com um único lugar para sentar. Nenhuma parelha precisava puxar nem uma carroça de dois lugares, a não ser pelos belos cavalos marrons que vinham por último, puxando a carroça pesada de Royal.

– É a melhor parelha da região, mas não tem chance – Laura ouviu um homem dizer.

– Não mesmo – concordou outro. – A carroça é pesada demais. É certo que vão desacelerar o trote.

Mas eles continuavam puxando a carroça e continuavam trotando. Sincronizadas e sem parar, as oito pernas marrons se moviam em um trote perfeito. Uma nuvem de poeira subiu e escondeu todos. Então, do outro lado da pista, as parelhas e as carroças saíram dela a toda a velocidade. Uma carroça – não, duas! Duas carroças tinham ficado para trás de Almanzo. Então três. Ele só tinha os baios às frente.

– Ah, vamos! Vamos! Vençam! – Laura implorava aos cavalos marrons.

Queria tanto que trotassem mais rápido que parecia que eram puxados por sua vontade.

A corrida estava quase terminando. As carroças terminavam a curva e chegavam à reta. Os baios seguiam na frente. Os morgans não conseguiriam, não podiam ganhar, o peso era demais para eles. Ainda assim, Laura continuou torcendo com tudo de si.

– Mais rápido, mais rápido, só um pouquinho. Ah, vamos, *vamos*!

Almanzo se inclinou para a frente no assento elevado e pareceu falar com os cavalos. Eles aceleraram seu trote suave. A cabeça de ambos alcançou a carroça do senhor Owen e devagar avançou. Todas as pernas se moviam depressa, enquanto lentamente as cabeças marrons emparelhavam com as dos baios. Os quatro cavalos se aproximavam lado a lado, cada vez mais rápido.

– Um empate! Minha nossa, é um empate – um homem disse.

Então o senhor Owen puxou o açoite. Ele o baixou uma, duas vezes, enquanto gritava. Os baios aceleraram. Almanzo não tinha açoite. Ele se inclinou para a frente, segurando firme as rédeas. De novo, pareceu falar com os cavalos. Rápidos e suaves como andorinhas voando, os morgans passaram os baios e atravessaram a linha de chegada. Tinham vencido!

A multidão comemorou com vigor. Foram todos cercar os cavalos marrons e Almanzo, em seu assento elevado. Laura percebeu que estivera prendendo o ar. Seus joelhos estavam trêmulos. Ela queria gritar, rir, chorar e se sentar para descansar.

– Ah, eles ganharam! Eles ganharam! Eles ganharam! – Carrie não parava de repetir, batendo as mãos. Laura não disse nada.

– E Almanzo ganhou cinco dólares – disse o senhor Boast.

– Cinco dólares? – Carrie repetiu.

– Alguns homens juntaram cinco dólares para a melhor parelha – Pa explicou. – E Almanzo Wilder ganhou.

Laura ficou feliz que não soubesse daquilo antes. Não teria suportado se soubesse que os cavalos marrons estavam correndo por um prêmio de cinco dólares.

– Ele merece – Pa comentou. – O rapaz sabe como lidar com cavalos.

Era o fim das corridas. Não tinham mais nada a fazer ali a não ser ficar ouvindo as conversas. O barril de limonada estava quase acabando. O senhor Boast levou uma concha para Laura e Carrie, que a dividiram. Pareceu mais doce que antes, mas já não estava tão fresca. As parelhas e as carroças estavam indo embora. Pa voltou da multidão cada vez menor e disse que era hora de ir para casa.

O senhor Boast os acompanhou até a rua principal. Pa disse a ele que os Wilders tinham uma irmã que havia trabalhado como professora em Minnesota.

– Ela conseguiu uma propriedade a menos de um quilômetro da cidade – Pa contou. – E quer que Almanzo descubra se pode ensinar na escola, no próximo inverno. Eu disse a ele que ela deveria enviar sua candidatura ao Conselho Escolar. Se estiver tudo de acordo, não vejo por que ela não ficaria com o emprego.

Laura e Carrie olharam uma para a outra. Pa estava no Conselho, e sem dúvida os outros membros concordariam com ele. *Se eu for uma excelente estudante e ela gostar de mim,* Laura pensou, *talvez me leve para dar uma volta com aqueles belos cavalos.*

Melros

Os dias de agosto andavam tão quentes que Laura e Mary faziam suas caminhadas de manhã cedo, antes que o sol estivesse muito alto no céu. Certo frescor perdurava no ar, e não fazia tanto calor que os passeios se tornassem desagradáveis. Mas cada caminhada parecia mais próxima da última que fariam juntas, pois logo Mary iria embora.

Estava confirmado que Mary iria para a faculdade no outono. Fazia tanto tempo que ansiavam por ela poder ir, que, agora que ia mesmo, aquilo nem parecia possível. Era até difícil imaginar, porque nenhum deles sabia como seria a faculdade, uma vez que nunca haviam visto uma. Mas Pa havia recebido quase cem dólares naquela primavera; a horta, a aveia e o milho cresciam maravilhosamente bem; e Mary podia mesmo ir para a faculdade.

Em uma manhã, quando retornavam de sua caminhada, Laura notou gramíneas grudadas em diversos pontos da saia de Mary. Ela tentou limpar, mas não saía.

– Ma! – ela chamou. – Venha ver que engraçado.

Ma nunca havia visto nada igual. Lembrava cevada, só que torcida, e terminava em uma espécie de vagem de pouco mais de dois centímetros de comprimento, com uma ponta tão fina e dura quanto uma agulha, além de ter uma haste coberta de cabelos duros apontando para trás. Como agulhas de verdade, aquilo parecia enfiado no vestido de Mary. Os cabelos duros seguiam a ponta com facilidade, mas impediam que a vagem pudesse ser retirada, parecendo contribuir para que tudo ficasse ainda mais preso.

– Ai! Algo me mordeu! – Mary exclamou.

Pouco acima do sapato, um pedaço daquelas estranhas gramíneas tinha furado sua meia e se cravava em sua pele.

– Por essa eu não esperava – disse Ma. – O que mais faltava encontrar neste lugar?

Quando Pa chegou, ao meio-dia, elas mostraram a ele as estranhas gramíneas. Pa explicou que era erva-rapa. Quando entrava na boca dos cavalos e do gado, tinha de ser cortado do lábio e da língua. Penetrava a lã das ovelhas e às vezes a pele também, chegando a matá-las.

– Onde vocês encontraram? – Pa perguntou. Quando Laura não soube dizer, ele ficou aliviado. – Se não notaram, é porque não tem muito. Ela cresce e se espalha. Por onde exatamente vocês andaram?

Laura tampouco conseguiu responder àquilo. Pa disse que daria um jeito.

– Dizem que dá para matar queimando – ele explicou. – Vou fazer isso agora para matar tantas sementes quanto possível. Na próxima primavera, vou procurar e queimar tudo o que tiver brotado também.

Havia batatas e ervilhas com creme para o almoço, além de vagem e cebolinha. Ao lado de cada prato, também havia um pires com fatias de tomate, para comer com açúcar e creme.

– Temos coisas boas para comer agora, e em abundância – Pa disse, repetindo as batatas com ervilha.

– Sim – Ma concordou, feliz. – Agora temos o bastante para compensar o que não tínhamos no inverno. – Ela estava orgulhosa da horta, que crescia tão bem. – Vou começar a salgar os pepinos amanhã; está cheio de pequenos debaixo das vinhas. E as folhas das batatas estão crescendo tanto que mal consigo encontrar os tubérculos para arrancar.

– Se nada acontecer com elas, teremos muitas batatas para o inverno! – Pa se regozijou.

– Teremos espigas assadas também – Ma anunciou. – Notei nesta manhã que o cabelo do milho está começando a escurecer.

– Nunca vi plantação de milho igual – disse Pa. – Podemos contar com ele.

– E a aveia – disse Ma. Depois, ela perguntou: – Qual é o problema com a aveia, Charles?

– Os melros estão pegando a maior parte dela. Assim que faço uma meda, as pestes a cobrem. Comem tudo o que conseguem, sem deixar muita coisa além de palha.

A expressão animada de Ma se desfez. Pa voltou a falar.

– Mas não importa. Teremos bastante palha, e, assim que eu tiver cortado e empilhado a aveia, vou pegar a espingarda e me livrar dos melros.

Naquela tarde, quando levantou os olhos da costura para passar a linha na agulha, Laura viu uma nuvem de fumaça em meio às nuvens de calor na pradaria. Pa havia parado o trabalho na plantação de aveia por um momento para isolar o trecho de erva-rapa e tocar fogo nele.

– A pradaria parece tão bonita e amena – ela disse. – Mas me pergunto o que fará a seguir. Parece que temos de lutar o tempo todo.

– A vida terrena é uma batalha – disse Ma. – Se não é uma coisa, é outra. Sempre foi assim e sempre será. Quanto antes a pessoa se convence disso, melhor para ela, e mais grata ela é pelos prazeres da vida. Bem, vamos apertar seu corpete, Mary.

Elas estavam fazendo um vestido de inverno para Mary levar para a faculdade. Na sala quente, com o sol batendo nas paredes e no teto de tábuas finas, a caxemira quase as sufocava. Ma estava nervosa em relação ao vestido. Tinha feito os de verão primeiro, para treinar com o molde.

O molde fora cortado em jornal, usando o gabarito de papelão fino como guia. Havia linhas e números para todos os tamanhos impressos nele. O problema era que ninguém era exatamente dos tamanhos padronizados. Ma medira Mary, fizera as contas, marcara o tamanho de cada manga, da saia e do corpete, fizera o molde, cortara e alinhavara o tecido. Então fizera Mary provar o vestido e percebera que precisaria fazer alterações na costura.

Até então, Laura não sabia que Ma detestava costurar. Seu rosto gentil não o demonstrava, e sua voz nunca saía exasperada. Mas sua boca agora ficava tão tensa que Laura soube que Ma odiava costurar tanto quanto ela.

Estavam todas preocupadas porque, enquanto compravam o necessário para fazer os vestidos, a senhora White havia lhes dito que ouvira de sua irmã em Iowa que, em Nova York, as saias com armação tinham voltado à moda. Elas não tinham como comprar armação na cidade, mas o senhor Clancy estava pensando em encomendar.

– Não sei o que fazer – Ma disse, preocupada com a saia. No ano anterior, a senhora Boast tinha o *Livro das senhoras* do ano anterior. Se tivesse o daquele ano, tirariam a dúvida. Mas Pa precisava cortar a aveia e o feno; e aos domingos estavam sempre cansados demais para fazer a longa e quente viagem até a propriedade dos Boasts. Quando Pa finalmente viu o senhor Boast na cidade em um sábado, dele confirmou que a senhora Boast não tinha o *Livro das senhoras* daquele ano.

– Vamos ter que fazer a saia bem larga. Assim, caso se volte a usar armação, Mary pode comprar uma em Iowa – Ma decidiu. – Enquanto isso, podemos manter a saia cheia com anáguas.

Elas fizeram quatro anáguas novas para Mary, duas de musselina crua, uma de musselina alvejada e uma de uma bela cambraia branca. Por toda a barra desta última, Laura costurou com pontinhos, cuidadosos, os seis metros de renda que havia dado a Mary no Natal.

Também haviam feito duas anáguas de flanela cinza e três roupas de baixo de flanela vermelha. Ao longo da barra dessas anáguas, Laura fez uma fileira de pontinhos espinha de peixe com linha bem vermelha, que ficou bonita em contraste com a flanela cinza. Com ponto-atrás, ela costurou a barra das outras anáguas e as roupas de baixo de flanela e, ao longo da gola e dos punhos das mangas compridas vermelhas, deu pontinhos espinha de peixe outra vez, agora com linha azul.

Laura estava usando todas as linhas bonitas que haviam recebido no barril de Natal do último inverno, mas ficava feliz em fazê-lo. A roupa íntima de nenhuma das outras meninas da faculdade seria tão bonita quanto a de Mary.

Depois que Ma fez a barra dos vestidos de Mary e os passou com todo o cuidado, Laura costurou a barbatana de baleia na costura de baixo do braço e fez as pences nos corpetes. Ela teve dificuldade de costurar igual dos dois lados, sem formar a menor ruga, para que o corpo servisse direitinho e ficasse bem esticado por fora. Era um trabalho tão tenso que deixava sua nuca dolorida.

Agora, o corpete do melhor vestido de Mary estava pronto para ser provado uma última vez. Era de caxemira marrom, com forro de cambraia marrom. Fechava com botõezinhos marrons na frente, e, de cada lado e em volta dos botões e na parte de baixo, Ma havia aplicado uma tira estreita de tecido xadrez em marrom e preto, com linhas vermelhas e douradas. O colarinho era alto e também xadrez, e Ma tinha na mão um pedaço de renda branca feita à máquina. A renda deveria ser colocada dentro do colarinho, para que sobrasse um pouco em cima.

– Ah, Mary, é lindo. Não tem nem uma ruga nas costas nem nos ombros – Laura disse a ela. – E as mangas seguem justas até os cotovelos.

– Pois é – Mary disse. – Não sei se consigo aboto...

Laura deu a volta e ficou de frente para ela.

– Não respire, Mary. Solte o ar e não respire – ela aconselhou, ansiosa.

– Está apertado demais – Ma disse, desesperada. Alguns botões pareciam prestes a estourar; outros nem entravam na casa.

– Não respire, Mary! Não respire! – Laura repetia, frenética. Ela abriu depressa os botões que parecia que iam estourar. – Agora, sim.

Mary respirou, o que forçou o corpete aberto.

– Ah, como fui cometer um erro desses? – Ma se perguntou. – O corpete servia bem na semana passada.

Laura teve uma ideia.

– É por causa do espartilho! Só pode ser. Não deve estar bem apertado.

Era mesmo. Quando Mary prendeu o ar e Laura puxou mais os cordões, o corpete abotoou e serviu perfeitamente.

– Fico feliz por ainda não precisar usar espartilho – disse Carrie.

– Aproveite enquanto pode – disse Laura. – Logo você estará usando.

O espartilho era um triste incômodo para Laura, desde quando o vestia pela manhã até o momento de tirá-lo à noite. Mas meninas que prendiam o cabelo no alto e usavam saia comprida precisavam usar espartilho também.

– Você deveria usar durante a noite também – Ma disse.

Mary usava, mas Laura não suportava o tormento da peça que não a deixava respirar profundamente. Ela precisava tirar o espartilho para conseguir pegar no sono.

– Não sei como seu corpo vai ficar – Ma a alertou. – Quando me casei, as duas mãos do seu pai davam a volta na minha cintura.

– Agora não mais – Laura disse, um pouco atrevida. – E ele ainda parece gostar da senhora.

– Não seja tão atrevida, Laura – Ma a repreendeu, mas suas bochechas coraram, e ela não pôde evitar sorrir.

Ma colocou a renda branca dentro do colarinho de Mary e a alfinetou de modo que caísse graciosamente sobre a beirada do colarinho e fizesse uma cascata na parte da frente.

Elas recuaram para admirar. A saia de caxemira marrom era lisa e um pouco apertada na frente, mas ficava cheia nas laterais e nas costas, caso Mary precisasse usar armação. Na frente, tocava o chão de maneira uniforme, enquanto atrás o varria com uma cauda curta e graciosa que fez barulho quando Mary se virou. Havia um babado em toda a parte de baixo.

A sobressaia era do tecido xadrez marrom e azul. Era franzida na frente e drapeada nas laterais para mostrar mais da saia de baixo, e caía atrás em montes cheios, que paravam no babado.

Mais acima, a cintura de Mary ficava bem marcada pelo corpete apertado. Os botõezinhos pontuavam todo o caminho até a renda branca que cascateava sob seu queixo. A caxemira marrom lisa cobria desde seus ombros inclinados até seus cotovelos, quando as mangas se alargavam. O tecido xadrez franzido as envolvia, abrindo nos punhos para mostrar o forro de renda branca que terminava nas mãos magras de Mary.

Ela estava linda naquele vestido lindo. Seu cabelo parecia mais sedoso e dourado que os fios de seda dourados no tecido xadrez, e seus olhos cegos pareciam mais azuis que o azul nele também. Suas bochechas estavam coradas, e ela parecia muito elegante.

– Ah, Mary – Laura disse –, você parece tirada de uma ilustração de moda. Não vai ter, não pode ter, nem uma menina na faculdade que se equipare a você.

– Estou mesmo assim bonita, Ma? – Mary perguntou, tímida, corando um pouco mais.

Uma vez na vida, Ma não se precaveu contra a vaidade.

– Está, sim, Mary. Você não está apenas elegante: está linda. Não importa aonde vá, deleitará todos os olhos. E ficou feliz em dizer que pode ter certeza de que suas roupas estarão à altura de qualquer ocasião.

Elas não podiam continuar admirando Mary por muito tempo, porque ela já estava quase desmaiando com aquele vestido de caxemira no calor. Guardaram-no com cuidado, finalmente pronto e um enorme sucesso. Agora, restavam apenas coisas pequenas a fazer. Ma ia costurar um chapéu de veludo para o inverno e tricotar algumas meias; Laura já estava fazendo um par de luvas de fio de seda marrom.

– Posso terminar no meu tempo livre – Laura disse. – Agora que a costura está feita, vou ajudar Pa com o feno.

Ela gostava de trabalhar com Pa e gostava de trabalhar ao ar livre, ao sol e ao vento. Além do mais, esperava poder tirar o próprio espartilho em segredo enquanto ajudava com o feno.

– Acho que você pode ajudar a carregar – Ma concordou, relutante –, mas os fardos serão feitos na cidade.

– Ah, não, Ma! – Laura exclamou. – Vamos ter que nos mudar para a cidade outra vez?

– Abaixe a voz, Laura – Ma disse, gentil. – Lembre: "A voz dela era sempre suave, delicada e baixa, algo excelente em uma mulher".

– Precisamos mesmo voltar para a cidade? – Laura murmurou.

– Pa e eu achamos que é melhor não arriscar passar o inverno nesta casa até que ela esteja mais protegida contra o clima – disse Ma. – Você sabe que não teríamos sobrevivido ao último inverno aqui.

– Talvez o próximo inverno não seja tão ruim – Laura insistiu.

Ma foi firme:

– Não devemos tentar a Providência.

Laura sabia que estava decidido. Passariam o inverno na cidade de novo; ela precisaria fazer o melhor com o que tinha.

Naquela noite, quando um bando de melros esvoaçava feliz sobre a plantação de aveia, ao pôr do sol, Pa pegou a espingarda e atirou. Não gostou de fazer aquilo, e ninguém na casa gostou de ouvir os tiros, mas todos sabiam que aquilo precisava ser feito. Pa tinha de proteger a aveia. Os cavalos, Ellen e as bezerras se alimentariam de feno naquele inverno, mas seria com a aveia e o milho que a família ganharia dinheiro. Precisavam vender a colheita para pagar os impostos e comprar carvão.

Na manhã seguinte, assim que o orvalho secou, Pa saiu com a segadeira. Ma começou a fazer o chapéu de Mary enquanto Laura se ocupava de costurar uma luva de seda marrom. Às onze horas, Ma disse:

– Minha nossa, já é hora de começar a fazer o almoço. Veja se consegue encontrar algumas espigas de milho para cozinhar, Laura.

O trigo estava mais alto que Laura agora, e era lindo de ver, com suas folhas grandes farfalhando e o topo assentindo. Quando Laura entrou na plantação, um bando de pássaros alçou voo e ficou rodando em cima dela. O barulho de suas asas era mais alto que o farfalhar de todas as folhas. Os pássaros eram tantos que formavam sombra, tal qual uma nuvem. Ela passou rapidamente por cima do milho, então voltou a baixar.

Havia muitas espigas. Quase todas as plantas tinham duas, e algumas, três. Os pendões estavam secos, e apenas um pouco de pólen continuava voando. O cabelo do milho eram fios verdes e grossos pendendo da palha. Aqui e ali, tufos de cabelos escureciam, e a espiga parecia grande dentro da palha, quando Laura a apertava. Para se certificar, antes de arrancá-las da planta, ela abria a palha em busca das fileiras de grãos claros.

Os melros continuavam voando em volta dela. De repente, Laura congelou. Eles estavam comendo o milho!

Aqui e ali, havia espigas vazias. A palha era afastada, e os grãos, arrancados. Parada ali, Laura observou os melros à sua volta. Suas garras envolviam as espigas, seus bicos afiados arrancavam a casca, e eles logo começavam a engolir os grãos.

Desesperada, ela correu na direção deles em silêncio, embora sentisse que estava gritando. Laura bateu nos pássaros com a touca. Eles levantavam voo, batendo as asas barulhentas, e voltaram a pousar no milho, à frente dela, atrás dela, por toda a volta. Balançavam-se agarrados às espigas, destroçando a casca, engolindo os grãos. Não havia nada que Laura pudesse fazer contra tantos.

Ela colocou algumas espigas no avental e voltou para casa. Seu coração batia acelerado, e seus joelhos e mãos tremiam. Quando Ma perguntou qual era o problema, Laura não gostou nem um pouco de ter que responder.

– Os melros estão atacando o milho. É melhor ir contar a Pa?

– Eles sempre comem um pouco de milho. Eu não me preocuparia – disse Ma. – Mas leve água fresca para Pa.

Quando Laura o encontrou, em meio ao feno, ele não pareceu se preocupar muito com os melros. Disse que praticamente os havia eliminado da plantação de aveia, atirando em cem ou mais.

– É provável que deem algum prejuízo, mas não há nada que se possa fazer quanto a isso – Pa disse.

– Mas são tantos – Laura falou. – Pa, se não houver colheita de milho... Mary ainda vai poder ir para a faculdade?

Ele ficou sério.

– Acha que é assim grave?

– Há muitos deles – Laura insistiu.

Pa olhou para o sol.

– Bem, uma hora não vai fazer muita diferença. Passo lá a caminho do almoço.

Ao meio-dia, ele levou a espingarda para a plantação de milho. Andava entre as fileiras e atirara contra as nuvens de melros assim que elas se levantavam. A cada tiro, seguia-se uma chuva de pássaros mortos, mas a nuvem preta voltava a se formar. Quando a munição acabou, o redemoinho de asas não parecia ter-se reduzido.

Não havia nem um melro na plantação de aveia. Eles a haviam deixado. Mas já haviam comido todos os grãos. Restava apenas palha.

Ma achava que, com a ajuda das meninas, poderiam manter os pássaros longe do milho. E elas tentaram. Até mesmo Grace corria de um lado para outro das fileiras, gritando e sacudindo a touca. Os melros saíam voando só para voltar a se acomodar sobre as espigas, rasgando a palha e arrancando os grãos.

– Vocês vão se cansar por nada, Caroline – disse Pa. – Vou à cidade comprar mais munição.

Depois que ele partiu, Ma disse:

– Vamos ver se conseguimos mantê-los longe até que Pa volte.

Elas correram de um lado para o outro, no sol e no calor, tropeçando na terra revirada, gritando e sacudindo os braços. Suor corria por seus rostos e costas; as folhas cortavam suas mãos e bochechas. A garganta chegava a doer de tanto gritar. Mas os melros sempre levantavam voo só para se reacomodar. Dezenas deles se agarravam às espigas, seus bicos rasgando e engolindo.

Finalmente, Ma desistiu.

– Não adianta, meninas – ela falou.

Pa voltou com mais munição e passou a tarde atirando nos pássaros. Eram tantos que cada tiro derrubava um. No entanto, parecia que, quanto mais atirava, mais havia. Era como se todos os melros da região tivessem vindo para se refestelar com o milho.

A princípio, eram melros comuns. Depois apareceram alguns maiores, com a cabeça amarela, e outros com a cabeça vermelha e uma mancha também vermelha em cada asa. Eram centenas.

Pela manhã, uma nuvem preta de melros chegou e pousou na plantação. Depois do café, Pa voltou para casa carregado de pássaros que havia matado.

– Nunca ouvi falar de alguém que tivesse comido melro – ele disse –, mas a carne desses deve ser boa. Veja como são gordos.

– Prepare as aves para fritar no almoço – Ma disse. – Não há grande perda sem algum ganho.

Laura preparou os pássaros, e ao meio-dia Ma esquentou a frigideira e os fritou na gordura deles próprios.

Pa chegou mais tarde carregando mais pássaros num braço e milho no outro.

– É melhor considerar a colheita perdida – ele disse. – Esse milho ainda está um pouco verde, mas é melhor comermos antes que os melros fiquem com tudo.

– Não sei como não pensei nisso antes! – Ma exclamou, imediatamente. – Laura e Carrie, corram para buscar todas as espigas que já amadureceram o bastante. Vamos secar e guardar para comer no próximo inverno.

Laura sabia por que Ma não havia pensado naquilo antes: estava distraída. A colheita estava perdida. Pa teria de recorrer a suas economias para pagar os impostos e comprar carvão. Como fariam para mandar Mary para a faculdade no outono?

Havia tantos melros na plantação que eles atingiam os braços e a touca de Laura ao bater as asas. Laura sentiu as pancadas na cabeça, e Carrie gritou que os pássaros a estavam bicando. Pareciam achar que o milho era deles, e era como se lutassem por cada espiga. Os melros levantavam voo perto do rosto de Laura e de Carrie e bicavam suas toucas.

Não restava milho. Mesmo as espigas mais jovens, cujos grãos eram pouco mais que bolhas, tinham sido atacadas. Laura e Carrie encheram os aventais de espigas parcialmente comidas.

Quando Laura procurou por melros para comerem no almoço, não encontrou nenhum. Ma não disse onde eles estavam.

– Espere e verá – ela respondeu, misteriosa. – Enquanto isso, vamos cozinhar o milho, debulhar e pôr para secar.

Há um truque para tirar os grãos da espiga. A faca deve cortar de maneira uniforme toda a extensão das fileiras, cortando fundo o bastante a ponto de pegar quase os grãos inteiros, mas não a ponto de cortar um pouco que seja do bolsinho em que cada grão cresce. Assim, os grãos caem em placas úmidas e pegajosas.

Ma espalhava os grãos em antigas toalhas de mesa limpas, estendidas do lado de fora, ao sol, então os cobria com outra toalha, para manter os melros, as galinhas e as moscas longe. O sol quente secava o milho, que eles podiam comer no inverno seguinte depois de deixar de molho e cozinhar.

– Isso veio dos índios – Pa comentou durante o almoço. – Você tem de admitir que há algo de bom a se dizer sobre eles, Caroline.

– Se há – Ma respondeu –, então você já disse, muitas vezes, de modo que eu não preciso dizer.

Ma odiava índios. Ela estava guardando algum segredo, e Laura imaginava que devia ter a ver com os melros desaparecidos.

– Penteie o cabelo e sente-se à mesa, Charles – Ma pediu.

Ela abriu a porta do forno e tirou a leiteira de dentro. Estava cheia de algo coberto com uma massa dourada. Ma a colocou diante de Pa, que pareceu deslumbrado.

– Torta de frango!

– "Uma canção de seis centavos" – começou Ma.

Laura se juntou a ela, depois Carrie, Mary e até mesmo Grace.

Com o bolso furado no entorno,
São vinte e quatro melros
Em uma torta dentro do forno!

Quando a torta é cortada,
Os melros começaram a cantar.
Eis um prato bom o bastante
Para servir ao rei no jantar!

– Quem diria? – exclamou Pa.

Ele cortou a massa da torta com uma colher e transferiu um pedaço grande para um prato. O recheio fumegava. Pa regou com molho. Havia meio melro ali, dourado e tão macio que a carne soltava dos ossos. Ele entregou o primeiro prato para Ma.

O cheiro da torta dava água na boca, e eles tiveram de engolir em seco algumas vezes enquanto esperavam pelos pratos. Debaixo da mesa, a gata se roçava nas pernas deles. Seu ronronado faminto evoluiu para um miado ansioso.

– Consegui colocar doze melros na panela – Ma disse. – São dois para cada um, mas Grace não vai aguentar comer mais de um, de modo que você pode ficar com três, Charles.

– Só você para fazer uma torta de frango um ano antes de termos frangos. – Pa comeu uma garfada. – E ficou ainda mais gostoso.

Todos concordaram que a torta de melros era melhor que uma torta de frango. Também havia batata, ervilha e pepino fatiado para comer, além de cenouras cozidas, que Ma tinha colhido, e queijo cremoso. E não era nem domingo. Enquanto os melros durassem e a horta estivesse verde, poderiam comer assim todos os dias.

Laura pensou: *Ma tem razão. Sempre há algo pelo que podemos ser gratos.* Ainda assim, seu coração estava pesado. Não tinham mais aveia nem milho.

Cidadezinha na campina

Ela não sabia como Mary poderia ir para a faculdade. O lindo vestido de inverno, os outros dois vestidos novos e as belas roupas de baixo passariam mais um ano guardados. Seria uma enorme decepção para a irmã.

Pa comeu até a última gota do creme rosado e açucarado do pires com tomates e tomou seu chá. O almoço havia terminado. Ele se levantou, tirou o chapéu do prego e disse a Ma:

– Amanhã é sábado. Se quiser ir à cidade comigo, podemos comprar um baú para Mary.

Mary arfou.

– Ela ainda vai para a faculdade? – Laura perguntou.

Pa ficou surpreso.

– Qual é o problema nisso, Laura?

– Mas como? Se não sobrou milho nem aveia.

– Eu não tinha percebido que você já está velha o bastante para se preocupar com isso – falou Pa. – Vou vender a bezerra mais velha.

– Ah, não! – Mary exclamou. – A bezerra, não!

Em mais um ano, a bezerra seria uma vaca. Então eles teriam duas vacas. Haveria leite e manteiga o ano inteiro. Se Pa a vendesse, teriam de esperar mais dois anos até que a bezerra mais nova crescesse.

– Vendê-la vai ajudar – disse Pa. – Devo conseguir uns quinze dólares por ela.

– Não se preocupem, meninas – disse Ma. – Precisamos nos adaptar às circunstâncias.

– Ah, Pa, vocês vão perder um ano inteiro – Mary se lamentou.

– Não importa – ele disse. – Já é hora de você ir para a faculdade, e decidimos que assim será. Não é um bando de melros desagradáveis que vai impedir.

Mary vai para a faculdade

O último dia chegou. No dia seguinte, Mary iria embora.

Pa e Ma tinham voltado para casa com um baú novo. Por fora, era de metal brilhante, com pequenas saliências que compunham um padrão. Ripas de madeira envernizada haviam sido pregadas no meio e nos cantos, além de três outras que acompanhavam a tampa no sentido do comprimento. Detalhes em ferro nos cantos protegiam as ripas de madeira. Quando a tampa estava fechada, duas linguetas de ferro se encaixavam em dois bolsos de ferro, e dois pares de anéis de ferro se juntavam para que cadeados pudessem ser passados ali.

– É um belo baú, bem resistente – Pa disse. – Também comprei quinze metros de uma boa corda para prendê-lo.

O rosto de Mary brilhava enquanto ela o tateava cuidadosamente com os dedos sensíveis. Laura contou a ela que o metal brilhava, assim como a madeira amarelada. Ma disse:

– É um baú dos mais modernos, Mary, e deve durar a vida inteira.

Por dentro, o baú era de madeira polida. Ma o forrou com jornal e guardou todos os pertences da filha nele. Ela ia preenchendo os buracos com jornal amassado, de modo que nada se movesse durante a dura viagem de trem. Ma usava bastante jornal, porque temia que Mary não tivesse roupas o bastante para encher o baú. No entanto, quando estava tudo guardado e tão apertado quanto possível, restava uma montanha de papel suficiente para preencher a tampa curva, e Ma teve de se sentar sobre o baú fechado para que Pa conseguisse passar os cadeados.

Depois, virando o baú de ponta-cabeça e de lado, Pa puxou e esticou a corda nova para amarrá-lo. Laura ajudou a segurá-la enquanto ele dava nós bem apertados.

– Pronto – ele disse, afinal. – Está bem protegido.

Enquanto se mantinham ocupados, podiam reprimir a consciência de que Mary estava indo embora. Agora não havia mais nada a fazer. Ainda não era hora do jantar, de modo que tinham bastante tempo livre para pensar.

Pa pigarreou e saiu um pouco. Ma colocou a cesta de costura na mesa, mas ficou olhando pela janela. Grace implorou:

– Não vá, Mary. Por quê? Fique aqui e me conte uma história.

Era a última vez que Mary seguraria Grace no colo e contaria a história de vovô e da pantera na Grande Floresta de Wisconsin. Quando ela voltasse, Grace já seria grande.

– Não, Grace, não caçoe – Ma disse quando a história terminou. – O que gostaria de jantar, Mary?

Seria o último jantar dela em casa.

– O que puser na mesa estará bom, Ma – Mary respondeu.

– Está tão quente – Ma comentou. – Acho que vou fazer bolas de queijo com cebola e ervilha com creme frio. Laura pode trazer alface e tomate da horta.

Mary pediu:

– Posso ir junto? Gostaria de dar uma volta.

– Não precisam correr – Ma disse a elas. – Ainda falta bastante para o jantar.

Elas passaram pelo estábulo e subiram uma colina baixa. "O sol estava indo descansar como um rei que fechava as cortinas de sua cama suntuosa", Laura pensou. Mas Mary não gostava daquele tipo de coisa. Por isso, tudo o que Laura disse foi:

– O sol está se pondo. há nuvens brancas fofinhas espalhadas por toda a beirada do mundo. Em cima delas está vermelho, e lindas cortinas rosadas e douradas cobrem o céu, com as bordas peroladas. São um enorme dossel sobre a pradaria. O tantinho de céu que se vê é de um verde claro e puro.

Mary parou no lugar.

– Vou sentir falta de nossas caminhadas – ela disse, com a voz um pouco trêmula.

– Eu também. – Laura engoliu em seco, depois acrescentou: – Mas lembre-se: você vai para a faculdade.

– Não poderia ir se não fosse por você – Mary disse. – Sempre me ajuda a estudar e deu a Ma seus nove dólares por causa disso.

– Não é muito – Laura disse. – Não era como se eu quisesse...

– É muito, sim – Mary a corrigiu. – Muitíssimo.

Laura sentiu um nó se formar na sua garganta. Ela piscou com força e respirou fundo, mas ainda assim sua voz saiu trêmula.

– Espero que goste da faculdade, Mary.

– Ah, vou gostar. Vou, sim! – Ela soltou o ar. – Imagine só, poder estudar e aprender... ah, tudo! Tocar órgão. Devo isso em parte a você, Laura. Sei que ainda não está trabalhando como professora, mas me ajudou a ir para a faculdade.

– Vou começar a dar aulas assim que tiver idade para isso – Laura disse. – Assim poderei ajudar mais.

– Queria que você não tivesse de trabalhar – Mary disse.

– Bem, mas eu tenho. Só que agora não posso, não tenho dezesseis anos. É a lei. As professoras precisam ter pelo menos dezesseis anos.

– Não estarei aqui quando você começar a dar aulas – Mary falou.

Então, de repente, as duas sentiram como se Mary estivesse indo embora para sempre. Os anos à frente pareceram vazios e assustadores.

– Ah, Laura, nunca estive longe de casa. Não sei como vou fazer – a irmã confessou, com o corpo todo tremendo.

– Vai ficar tudo bem – Laura disse, firme. – Ma e Pa vão com você, e sei que vai conseguir passar nas provas. Não tenha medo.

– Não tenho medo. Não terei – Mary insistiu. – Mas vou me sentir sozinha. Quanto a isso não posso fazer nada.

– Não – Laura concluiu. Depois de um minuto, ela pigarreou e disse: – O sol passou pelas nuvens brancas. Agora é uma bola enorme e pulsante de fogo líquido. As nuvens estão vermelhas, douradas e roxas, e o céu mais acima arde em chamas.

– É como se eu conseguisse sentir a luz no meu rosto – Mary falou. – Será que o céu e o pôr do sol serão diferentes em Iowa?

Laura não sabia. Elas descem lentamente a colina. Era o fim de sua última caminhada juntas, ou pelo menos de sua última caminhada por um tempo tão longo que parecia a eternidade.

– Tenho certeza de que vou passar nas provas, porque você me ajudou muito – Mary disse. – Leu cada palavra de suas lições para mim, até que eu soubesse tudo dos livros da escola. Mas e você, Laura? O que vai fazer? Pa está gastando tanto dinheiro comigo. O baú, o casaco novo, os sapatos novos, as passagens de trem e tudo o mais. Fico preocupada. Como vai comprar os livros escolares e roupas para você e Carrie?

– Não se preocupe, Pa e Ma darão um jeito – Laura respondeu. – Sempre dão, você sabe.

Na manhã seguinte, antes mesmo que Laura estivesse vestida, Ma já estava escaldando e depenando os melros que Pa havia matado. Ela os fritou depois do café, e assim que esfriaram colocou em uma caixa o almoço que levariam no trem.

Pa, Ma e Mary haviam tomado banho na noite anterior. Agora, Mary vestia seu melhor vestido entre os antigos e seu segundo melhor par de sapatos. Ma colocou seu vestido de lã fina, e Pa colocou seu chapéu de domingo. Um rapaz da vizinhança havia concordado em levá-los até a estação. Pa e Ma passariam uma semana fora. Quando retornassem, sem Mary, poderiam fazer o trajeto desde a cidade a pé.

A carroça chegou. O rapaz sardento, com o cabelo ruivo escapando por um buraco no chapéu de palha, ajudou Pa a carregar o baú de Mary. O sol brilhava, e o vento soprava.

– Agora, Carrie e Grace, sejam boas meninas e obedeçam a Laura – Ma pediu. – Lembre-se de manter a vasilha de água das galinhas cheia, Laura, fique de olho nos falcões, escalde as leiteiras e deixe ao sol todos os dias.

– Sim, Ma – todas disseram.

– Adeus – Mary disse. – Adeus, Laura. E Carrie. E Grace.

– Adeus – Laura e Carrie conseguiram dizer.

Grace só arregalou os olhos. Pa ajudou a filha a subir pela roda da carroça, e ela se sentou com Ma e o rapaz no banco. Pa foi sentado no baú.

– Muito bem, podemos ir – ele falou ao rapaz. – Adeus, meninas.

A carroça saiu. Grace abriu bem a boca e começou a chorar.

– Que vergonha, Grace! Que vergonha! Uma menina do seu tamanho chorando? – Laura conseguiu dizer, mas um nó tão apertado se formara em sua garganta que chegava a doer. Carrie também parecia prestes a irromper em lágrimas. – Que vergonha! – Laura repetiu, e Grace engoliu um último soluço de choro.

Pa, Ma e Mary não olharam para trás. Precisavam ir. A carroça que os levara deixara apenas silêncio em seu rastro. Laura nunca havia presenciado tamanha quietude. Não era a quietude feliz da pradaria. Ela a sentia na boca do estômago.

– Venham – Laura disse. – Vamos entrar.

O silêncio tomava conta da casa. Estava tudo tão quieto que Laura sentia que precisava sussurrar. Grace reprimiu um gemido. Elas ficaram ali, na própria casa, sem sentir nada a não ser o silêncio e o vazio. Mary tinha ido embora.

Grace começou a chorar outra vez. Havia duas lágrimas gordas nos olhos de Carrie. As coisas não podiam ficar daquele jeito. Naquele momento, e ao longo de toda a semana, Laura era a encarregada, e Ma tinha de poder confiar nela.

– Ouçam, Carrie e Grace – ela disse, firme. – Vamos limpar esta casa de um lado a outro, começando agora! Assim, quando Ma voltar, a limpeza do outono já vai ter sido feita.

Laura nunca esteve tão ocupada. E era um trabalho duro. Ela não fazia ideia de como era difícil levantar a colcha molhada da bacia, torcê-la e pendurá-la no varal. Não fazia ideia de como era difícil não perder a paciência com Grace, que estava sempre tentando ajudar, mas acabava dando mais trabalho. E era impressionante como ficavam sujas limpando uma casa que já parecia limpa. Parecia que, quanto mais trabalhavam, mais sujo tudo ficava.

O pior dia de todos foi um em que fez muito calor. Elas arrastaram os colchões para fora, esvaziaram-nos e os lavaram. Depois de secar, encheram-nos de novo com feno fresco. Também tiraram as molas da cama e apoiaram na parede. Laura machucou um dedo no processo. Agora, estavam desmontando as camas. Laura puxava um canto, e Carrie, outro. Os cantos se separaram, e a cabeceira caiu sobre a cabeça de Laura, que ficou vendo estrelas.

– Ah, Laura! Você se machucou? – Carrie perguntou.

– Não muito. – Laura encostou a cabeceira na parede, mas a peça escorregou e pegou seu tornozelo. – Ai! – ela não conseguiu evitar gritar. – Que fique no chão, se é o que quer!

– Temos de esfregar o chão – Carrie lembrou.

– Sei disso – Laura retrucou, mal-humorada.

Ela se sentou no chão, segurando o tornozelo. Mechas de cabelo soltas grudavam em seu pescoço suado. Seu vestido estava úmido, quente e sujo, suas unhas estavam pretas. O rosto de Carrie estava sujo de poeira e suor, e tinha feno no cabelo dela.

– Precisamos tomar banho – Laura murmurou. De repente, ela gritou:
– *Onde está Grace?*

Já fazia um tempo que não pensavam nela. Grace já se perdera na pradaria. Duas crianças de Brookins que tinham se perdido na pradaria haviam morrido antes de ser encontradas.

– Aqui – Grace respondeu com doçura, entrando. – Está chovendo.

– Não! – Laura exclamou.

Havia uma sombra sobre a casa. Algumas gotas gordas caíam. Ouviu-se um trovão. Laura gritou:

– Carrie! O colchão! A roupa de cama!

Elas correram. Os colchões não eram muito pesados, mas estavam recheados de feno, e era difícil segurá-los direito. Laura e Carrie ficavam deixando as pontas escapar. Quando conseguiram levar um até a porta, precisaram virá-lo de lado para que entrasse.

– Conseguimos segurar ou mover, mas não fazer os dois – Carrie comentou, arfando.

A tempestade já havia chegado, e a chuva caía depressa.

– Saia do caminho – Laura gritou.

De alguma maneira, ela conseguiu empurrar o colchão para dentro da casa. Era tarde demais para trazer o outro ou para tirar a roupa de cama do varal. Chovia forte.

A roupa de cama voltaria a secar, mas o outro colchão precisaria ser esvaziado, lavado e depois enchido outra vez. Se não secasse bem, o feno dentro ficaria cheirando a mofo.

– Podemos passar tudo do outro cômodo para o da frente e começar a esfregar – disse Laura.

Foi o que elas fizeram. Por algum tempo, só se ouviam trovões e chuva forte, além do barulho do pano sendo passado e depois torcido. Laura e Carrie ficaram de joelhos e limparam praticamente todo o piso, enquanto Grace gritava alegremente:

– Estou ajudando!

Ela estava de pé numa cadeira, limpando o fogão. Estava preta da cabeça aos pés. No chão em toda a volta do fogão havia respingos e manchas pretas. Grace tinha enchido a caixa de graxa de água. Ela olhou sorridente para Laura, esperando sua aprovação, então deu uma última passada do pano no fogão, derrubando a caixa de graxa.

Seus olhos azuis se encheram de lágrimas.

Laura olhou para a casa que Ma havia deixado perfeitamente arrumada. Tudo o que conseguiu dizer foi:

– Não se preocupe, Grace. Não chore. Eu limpo.

Então ela se sentou sobre as partes empilhadas da armação da cama e levou a testa aos joelhos dobrados.

– Ah, Carrie, acho que não sei como cuidar de tudo tal qual Ma faz – Laura disse, quase chorando.

Foi o pior dia de todos. Na sexta-feira, a casa estava quase em ordem, mas elas recearam que Ma chegasse mais cedo. Então trabalharam até tarde, e no sábado já era quase meia-noite quando Laura e Carrie tomaram banho e foram se deitar. Mas, no domingo, a casa estava imaculada.

O piso em torno do fogão havia sido esfregado até ficar branco. Restavam apenas levíssimos traços de graxa. As camas estavam arrumadas, com colchas limpas, e tinham o cheiro doce do feno fresco. As janelas brilhavam. Cada prateleira do armário havia sido esfregada, e cada prato, lavado.

– Vamos comer pão e beber leite daqui por diante, e deixar os pratos limpos! – anunciou Laura.

Restava apenas lavar, passar e pendurar as cortinas, além de levar as roupas da semana na segunda-feira. Elas ficaram felizes por domingo ser um dia de descanso.

Na segunda de manhã, Laura lavou as cortinas. Já estavam secas quando ela e Carrie penduraram a roupa no varal. Elas passaram as cortinas e as colocaram nas janelas. A casa ficou perfeita.

– Vamos manter Grace lá fora até que Pa e Ma cheguem – Laura disse para Carrie.

Nenhuma das duas tinha vontade de sair para passear, por isso elas ficaram sentadas na grama, à sombra da casa, vendo Grace correr de um lado para o outro e esperando a fumaça do trem aparecer no céu.

Elas viram a fumaça subir a pradaria e desaparecer devagar no horizonte, como uma frase escrita impossível de ler. Então ouviram o apito. Após um intervalo, o apito soou de novo, e a fumaça voltou a escrever no horizonte. Já tinham quase se conformado que Pa e Ma não haviam chegado naquele trem quando os viram pequenos a distância, aproximando-se pela estrada que vinha da cidade.

Então a saudade de Mary retornou, tão aguda quanto se ela tivesse acabado de ir embora.

As duas foram encontrar Pa e Ma à beira do Grande Charco, e por um momento falaram todos juntos.

Pa e Ma tinham ficado muito satisfeitos com a faculdade. Disseram que era um bom lugar e que Mary ficaria confortável naquela construção grandiosa de tijolinhos quando o inverno chegasse. Ela comeria boa comida e estaria acompanhada de moças muito agradáveis. Ma tinha gostado bastante da colega de quarto de Mary. Os professores tinham sido simpáticos. Mary havia passado nas provas com louvor. Ma não havia visto nenhuma roupa mais bonita que as de Mary. Ela ia estudar economia política, literatura e matemática avançada, além de costura, tricô, bordado de contas e música. A faculdade tinha um harmônio.

Laura ficou tão feliz por Mary que quase conseguiu se esquecer da dor da saudade dela. Mary sempre adorara estudar. Agora, poderia refestelar-se estudando coisas que nunca tivera a oportunidade de aprender.

Ah, ela tem que ficar lá, Laura pensou, e renovou sua promessa de estudar bastante para conseguir um certificado de professora quando completasse dezesseis anos, muito embora não o desejasse, com o intuito de ter dinheiro para manter Mary na faculdade.

Ela havia se esquecido da semana de limpeza, mas, quando se aproximavam de casa, Ma perguntou:

– Carrie, por que você e Grace estão sorrindo? As duas estão escondendo alguma coisa!

Então Grace pulou no lugar e gritou:

– Limpei o fogão!

– Estou vendo – Ma disse, entrando em casa. – Ficou muito bom, Grace, mas tenho certeza de que Laura ajudou. Você não deve dizer... – Ela viu as cortinas. – Ora, Laura. Você lavou as... e as janelas... e... ora, quem diria?

– Fizemos a limpeza do outono pela senhora, Ma – disse Laura.

– Lavamos as roupas de cama, trocamos o recheio dos colchões, esfregamos o chão e tudo o mais – explicou Carrie.

Ma levantou as mãos, surpresa, então se sentou, sem forças, e as deixou cair.

– Minha nossa!

No dia seguinte, depois de desfazer as malas, Ma as surpreendeu. Ela desceu do quarto com três pacotinhos e entregou um a Laura, um a Carrie e um a Grace.

O presente de Grace era um livro ilustrado. Imagens coloridas em papel brilhante vinham coladas em folhas de tecido de cores bonitas, com adornos nas bordas.

O presente de Laura era um livrinho também, muito bonito. Era fino e mais largo que alto. Na capa vermelha, estava escrito em letras douradas: *Álbum de autógrafos*. As páginas eram de cores suaves e diversas e estavam em branco. Carrie havia ganhado a mesma coisa, só que a capa do livro dela era em azul e dourado.

– Fiquei sabendo que álbuns de autógrafos estão na última moda – Ma comentou. – Todas as moças elegantes de Vinton têm um.

– E o que exatamente é um álbum de autógrafos? – Laura perguntou.

– Você pede a uma amiga para escrever um verso em uma das páginas em branco e assinar depois – a mãe explicou. – Se ela também tiver um álbum de autógrafos, você deve fazer o mesmo por ela. Os álbuns devem ser guardados como recordação.

– Não vou me incomodar tanto de ir para a escola agora – disse Carrie. – Vou mostrar meu álbum de autógrafos para as meninas que não conheço e, se elas forem boazinhas comigo, vou deixar que escrevam nele.

Ma ficou extremamente feliz ao ver que as duas tinham gostado dos álbuns de autógrafos.

– Pa e eu queríamos que nossas outras meninas também tivessem algo de Vinton, Iowa, o lugar onde Mary está estudando.

A senhorita Wilder dá aulas

Laura e Carrie saíram cedo para o primeiro dia de aula na escola. Usavam seus melhores vestidos de florzinhas, porque Ma havia dito que no próximo verão já não caberiam mais nelas. Ambas carregavam seus livros debaixo do braço, e Laura carregava também o balde com o almoço.

O frescor da noite perdurava mesmo ao sol do começo da manhã. Sob o céu azul, o verde da pradaria dava lugar a um marrom suave e ao malva. A brisa leve carregava a fragrância das gramíneas maduras e o aroma pungente dos girassóis. Por toda a estrada, as flores amarelas assentiam, enquanto suas folhas batiam suavemente contra o balde que Laura balançava. Ela seguia pela trilha aberta por uma roda de carroça, enquanto Carrie seguia pela trilha aberta pela outra.

– Ah, espero que a senhorita Wilder seja uma boa professora – disse Carrie. – Acha que ela é?

– Pa deve achar, porque está no Conselho – Laura apontou. – Embora talvez só a tenham contratado porque é irmã do jovem Wilder. Ah, Carrie, você se lembra daqueles lindos cavalos?

– Ele ter cavalos bonitos não torna a irmã dele bondosa – Carrie argumentou. – Mas talvez ela seja mesmo bondosa.

– De qualquer maneira, ela sabe lecionar. Tem um certificado de professora – disse Laura. Ela soltou um suspiro só de pensar no quanto precisaria estudar para obter um certificado de professora também.

A rua principal estava ficando mais longa. Havia um estábulo de aluguel do lado da rua onde ficava a casa de Pa, em frente ao banco. E havia um novo elevador de grãos no outro extremo, diante dos trilhos do trem.

– Por que há tantos terrenos vagos entre o estábulo de aluguel e a loja de Pa? – Carrie perguntou.

Laura não sabia. De qualquer maneira, ela gostava que as gramíneas permanecessem ali. Fardos de feno novos rodeavam o celeiro. Naquele inverno, ele não precisaria ir buscar feno na propriedade para queimar.

Ela e Carrie viraram a oeste na segunda rua. Além da escola, havia algumas cabanas pequenas espalhadas por ali. Um novo moinho trabalhava perto dos trilhos, e depois dos terrenos vazios entre a segunda e a terceira ruas via-se o esqueleto da igreja, em que alguns homens estavam trabalhando. Havia muitos desconhecidos na multidão de alunos reunida perto da porta da escola.

Carrie se encolheu, tímida. Laura sentiu os joelhos fraquejarem, mas sabia que precisava ser forte pela irmã e seguiu em frente. Ela sentiu a palma das mãos suada com os olhares que recebia. Devia haver vinte meninos e meninas ali.

Reunindo toda a coragem que tinha, Laura foi até a multidão, e Carrie a acompanhou. Os meninos estavam de um lado, um pouco para trás, e as meninas estavam de outro. Parecia a Laura que ela simplesmente não conseguiria subir os degraus da escola.

Então, de repente, ela viu Mary Power e Minnie Johnson ali. Conhecia as duas. Tinham estudado com elas no outono anterior, antes das nevascas. Mary Power disse:

– Olá, Laura Ingalls!

Seus olhos escuros pareciam felizes de ver Laura, assim como o rosto sardento de Minnie Johnson. Laura começou a se sentir melhor. Concluiu que sempre gostaria muito de Mary Power.

– Já escolhemos nossa carteira. Vamos nos sentar juntas – disse Minnie. – Mas por que não se senta ao nosso lado, do outro lado do corredor?

Elas entraram na escola juntas. Os livros de Mary e de Minnie estavam na última carteira do lado das meninas, perto da parede. Laura deixou os dela na carteira do outro lado do corredor. As carteiras do fundo eram as melhores. Carrie tinha de se sentar perto da professora, com as meninas menores.

A senhorita Wilder atravessava o corredor, com o sino da escola na mão. Seu cabelo era escuro, e seus olhos eram acinzentados. Ela parecia uma pessoa muito agradável. Seu vestido cinza era bastante elegante, como aquele que haviam feito para Mary, justo e reto na frente, com um babado roçando o chão e uma sobressaia drapeada e uma pequena cauda.

– Já escolheram suas carteiras, meninas? – ela perguntou, simpática.

– Sim, senhorita – Minnie Johnson disse, tímida.

Mary Power sorriu e disse:

– Meu nome é Mary Power, e estas são Minnie Johnson e Laura Ingalls. Gostaríamos de ficar com estas carteiras, se possível, por favor. Somos as mais velhas entre as alunas.

– Podem ficar com essas carteiras – a senhorita Wilder respondeu, amável.

Ela foi até a porta e tocou o sino. Os alunos entraram, e logo quase todas as carteiras estavam ocupadas. Do lado das meninas, restava apenas uma. Do lado dos meninos, as carteiras do fundo estavam todas vazias, porque os mais velhos não frequentariam a escola até o inverno: ainda estavam trabalhando na propriedade da família.

Laura viu que Carrie parecia feliz, sentada ao lado de Mamie Beardsley, nas carteiras da frente, onde as meninas mais novas ficavam. De repente, ela notou uma menina desconhecida hesitando no corredor. Parecia ter mais ou menos a mesma idade de Laura, e era tão tímida quanto ela. Também era pequena e magra. Seus olhos castanhos pareciam grandes em seu rostinho redondo. Seu cabelo era preto e ligeiramente ondulado, e ela usava uma franja curta e enrolada. Estava corada de nervoso. Ela olhou para Laura, envergonhada.

A menos que Laura a aceitasse como vizinha de carteira, a menina teria de se sentar sozinha.

Laura sorriu e deu um tapinha no lugar ao seu lado. Os olhos castanhos da nova aluna pareceram rir de alegria. Ela deixou os livros na mesa e se sentou ao lado de Laura.

A senhorita Wilder pediu silêncio, pegou o livro de registros e foi de mesa em mesa anotando o nome dos alunos. A colega de carteira de Laura disse que seu nome era Ida Wright, mas a chamavam de Ida Brown. Era filha adotiva do reverendo Brown e da senhora Brown.

O reverendo Brown era o pastor congregacional que havia acabado de chegar à cidade. Laura sabia que Pa e Ma não gostavam muito dele, mas ela certamente gostava de Ida.

A senhorita Wilder deixou o livro de registros na mesa e estava pronta para começar a aula quando a porta voltou a se abrir. Todos se viraram para ver quem havia chegado atrasado no primeiro dia de aula.

Laura não conseguiu acreditar em seus olhos. A menina que entrara era Nellie Oleson, que ela conhecera quando morava à margem do riacho, em Minnesota.

Tinha ficado mais alta do que Laura e estava muito mais magra. Era esbelta, enquanto Laura continuava atarracada como um pônei francês. Ainda que tivessem se passado dois anos sem que se vissem, Laura a reconheceu no mesmo instante. O nariz de Nellie continuava arrebitado, seus olhos continuavam pequenos e próximos demais um do outro, a boca continuava franzida de maneira afetada.

Nellie era a menina que tirara sarro de Laura e Mary porque elas moravam no campo, enquanto seu próprio pai tinha uma loja. Ela fora mal-educada com Ma e maldosa com Jack, o bom e fiel buldogue de Laura, que já havia morrido.

Apesar de ter chegado atrasada, Nellie parecia achar que a escola não era boa o bastante para ela. Usava um vestido castanho-amarelado à polonesa, com babado na parte de baixo da saia, no pescoço e saindo das mangas largas. No pescoço, tinha um jabô de renda. Seu cabelo claro e liso estava penteado para trás e preso em um coque embutido. Ela mantinha a cabeça erguida e olhava com desdém para a sala.

– Gostaria de me sentar no fundo, se possível – ela disse à senhorita Wilder. Então olhou feio para Laura, como quem dizia: *Levante-se e me dê seu lugar.*

Laura ficou firme em seu lugar e apertou os olhos para Nellie.

Os outros se viraram para a senhorita Wilder, para ver o que ela faria. A professora pigarreou, nervosa. Laura continuou encarando Nellie, até que a menina desviou os olhos para Minnie Johnson e disse, acenando com a cabeça para a carteira dela:

– Este lugar deve servir.

– Você trocaria com ela? – a senhorita Wilder perguntou, embora tivesse dito a Minnie que ela poderia ficar ali.

Minnie respondeu, devagar:

– Sim, senhorita.

Ela pegou seus livros e foi para a carteira vaga mais para a frente. Mary Power não saiu do lugar, e Nellie ficou esperando no corredor. Não ia dar a volta para se sentar no lugar de onde Minnie havia acabado de sair.

– Mary, se puder dar licença para que a nova aluna possa se sentar, começaremos em seguida – disse a senhorita Wilder.

Mary se levantou.

– Prefiro me sentar com Minnie – ela disse apenas.

Com um sorriso no rosto, Nellie se sentou. Tinha conseguido o melhor lugar da sala e não precisaria dividi-lo com ninguém.

Laura ficou feliz quando ouviu Nellie dizer à senhorita Wilder que tinha o livro de registros na mão, que seu pai estava morando em uma propriedade ao norte da cidade. Então agora Nellie também era uma menina do campo! De repente, ela se lembrou de que iam se mudar para a loja de Pa para o inverno, de modo que ela e Carrie seriam meninas da cidade.

A senhorita Wilder bateu na mesa com a régua e disse:

– Atenção, meninos e meninas!

Então fez um breve discurso, sorrindo o tempo todo.

– Agora estamos todos prontos para dar início ao ano letivo e vamos fazer o nosso melhor para que seja um sucesso, certo? Vocês sabem que estão aqui para aprender tanto quanto possível, e eu estou aqui para ajudar. Não devem me considerar sua capataz, mas sua amiga. Seremos todos melhores amigos, tenho certeza.

Os meninos mais novos se contorciam em seus lugares, e Laura queria fazer o mesmo. Não conseguia mais olhar para a professora sorrindo.

Ela adoraria que a senhorita Wilder parasse de falar. Mas a mulher prosseguiu, com a voz animada:

– Nenhum de nós nunca será malvado ou egoísta, não é mesmo? Tenho certeza de que ninguém de vocês será insubordinado, portanto não haverá necessidade de castigos em nossa alegre escola. Seremos todos amigos e amaremos e ajudaremos uns aos outros.

Por fim, a professora disse:

– Podem pegar seus livros.

Eles não tiveram de recitar naquela manhã, porque a senhorita Wilder ia dividi-los em turmas. Laura, Ida, Mary Power, Minnie e Nellie Oleson eram as mais velhas. Sua turma era a mais avançada, e não haveria mais ninguém nela até que os meninos mais velhos passassem a frequentar a escola.

No recreio, elas ficaram todas juntas, para se conhecer melhor. Ida era tão calorosa e amistosa quanto parecia.

– Sou só uma menina adotada – ela disse. – Mamãe Brown me tirou do orfanato, e se fez isso deve ter sido porque gostou de mim, não acha?

– Claro que ela gostou de você, não tinha como não gostar – Laura falou. Ela conseguia imaginar a linda bebezinha que Ida devia ter sido, com seus cachos pretos e seus olhos castanhos e risonhos.

Mas Nellie queria toda a atenção para ela.

– Não sei se vamos gostar daqui – disse. – Somos do leste. Não estamos acostumados a um lugar tão simples e a pessoas tão simples.

– Você veio do oeste de Minnesota, assim como eu – Laura a lembrou.

– Ah, aquilo? – Nellie desdenhou do comentário com um gesto. – Passamos pouco tempo lá. Viemos do leste, do estado de Nova York.

– Todos viemos do leste – argumentou Mary Power. – Agora vamos lá para fora, ficar ao sol.

– Minha nossa, não! – exclamou Nellie. – O sol vai queimar sua pele!

Estavam todas bronzeadas, com exceção de Nellie. Ela continuou falando, distraída.

– Posso ter que passar um tempo neste lugar, mas não deixaria que estrague minha pele. No leste, uma dama sempre mantém a pele clara e as mãos lisas.

As mãos de Nellie eram bem brancas e finas.

De qualquer maneira, elas não tinham mais tempo. O recreio havia acabado. A senhorita Wilder foi até a porta e tocou o sino.

Em casa, naquela noite, Carrie contou sobre o dia na escola, e Pa comentou que ela estava tagarela como um gaio-azul.

– Deixe Laura dizer alguma coisa. Por que está assim quieta? Tem algo de errado?

Ela contou aos outros sobre Nellie Oleson e tudo o que ela havia dito e feito.

– A senhorita Wilder não deveria ter deixado que ela tirasse a carteira de Mary Power e Minnie – Laura concluiu.

– E você não deveria criticar a professora, Laura – Ma a lembrou, com gentileza.

Laura sentiu as faces esquentarem. Sabia que poder estudar era uma grande oportunidade. A senhorita Wilder estava lá para ajudá-la a aprender, e ela deveria ser grata, em vez de ser impertinente a ponto de criticá-la. Precisava esforçar-se para ser perfeita não só nas lições, mas em comportamento. No entanto, não conseguia evitar pensar: *Ainda assim, ela não deveria ter feito aquilo! Não foi justo.*

– Então os Olesons são do estado de Nova York, é? – Pa parecia achar graça. – Não é algo de que deveriam se gabar.

Laura recordou que Pa havia morado no estado de Nova York quando era pequeno.

Ele prosseguiu:

– Não sei como aconteceu, mas Oleson perdeu tudo o que tinha em Minnesota. Não lhe resta nada no mundo a não ser sua propriedade aqui, e ouvi dizer que seus familiares no leste o estão ajudando, porque ele não conseguiria se sustentar até a colheita. Talvez seja por isso que Nellie sinta necessidade de se gabar. Não se preocupe com ela, Laura.

– Mas ela tem roupas tão bonitas – Laura protestou. – E tenho certeza de que não trabalha nem um pouco, porque o rosto e as mãos dela são muito brancos.

– Você poderia usar sua touca – Ma lembrou. – Quanto ao vestido, talvez seja uma doação. Talvez ela seja como a menina da música, "com renda no colarinho e nenhum sapato para usar".

Laura imaginou que devesse sentir pena de Nellie, mas não sentia. Ela queria que a menina tivesse ficado no riacho Plum.

Pa se levantou da mesa do jantar e puxou a cadeira para perto da porta.

– Traga a rabeca, Laura. Quero tocar uma música que ouvi um homem cantar outro dia. Ele assoviava o refrão. Acho que minha rabeca vai se soar melhor do que os assovios dele.

Laura e Carrie lavaram a louça sem fazer muito barulho, para não perder nem uma nota da música de Pa. Ele cantou baixo, acompanhado pela voz clara e doce da rabeca.

> *Então me encontre… Ah, me encontre*
> *Quando ouvir*
> *O primeiro noitibó cantar…*

Noitibó, o noitibó cantou, e tal qual o pássaro a rabeca respondeu: "*noitibó*". Perto, implorando, *noitibó*, depois longe e suave, mas cada vez mais próximo, *noitibó*, até que o crepúsculo foi preenchido pelo barulho dos pássaros.

Os nós feios dos pensamentos de Laura se desemaranharam, ficando tranquilos e diretos. Ela pensou: *Serei boa. Não importa quão odiosa Nellie Oleson seja, serei boa.*

Acomodados para o inverno

Durante todo o outono, Laura e Carrie se mantiveram ocupadas. Logo cedo, ajudavam a fazer as tarefas e preparar o café da manhã. Depois colocavam o almoço no balde, vestiam-se para ir à escola e cumpriam depressa o trajeto de um quilômetro e meio até a escola. Depois da aula, elas corriam para casa, pois ainda tinham trabalho a fazer antes que a escuridão chegasse.

Aos sábados, trabalhavam duro o dia todo, porque logo se mudariam para a cidade.

Laura e Carrie recolhiam as batatas que Pa arrancava da terra, cortavam as folhas dos nabos e ajudavam a colocar tudo na carroça. Arrancavam e cortavam as folhas das cenouras, das beterrabas e das cebolas também. Colhiam tomates e fisális.

As fisális cresciam em arbustos frondosos e baixos. As folhas grandes, cinza-claro e mais finas que papel pareciam formar sinos, dentro de cada um dos quais havia uma fruta gorda, dourada e suculenta.

Também havia uma espécie de tomatinho roxo, coberto por uma casca marrom. Quando ela se abria, ali estavam eles, bem escuros, maiores que as fisális, mas menores que os tomates vermelhos que ostentavam abertamente sua cor vibrante.

Enquanto as meninas estavam na escola, Ma fazia conservas de tomates comuns, de tomatinhos roxos e de fisális. Também fazia picles de tomates verdes que não teriam tempo de amadurecer antes de congelar. O aroma doce das conservas e pungente de picles tomava conta da casa.

– Desta vez, levaremos provisões conosco quando nos mudarmos para a cidade – Pa disse, satisfeito. – E devemos ir logo. Não quero que outra nevasca nos pegue de surpresa em outubro nesta casa de paredes finas.

– Este inverno não vai ser tão rigoroso quanto o último – Laura disse. – O clima não parece igual.

– Não – Pa concordou. – É pouco provável que este inverno seja igualmente duro ou que venha tão cedo quanto o anterior, mas desta vez quero estar pronto para quando ele vier.

Pa cortou a palha de aveia e a forragem de milho e deixou tudo perto dos fardos de feno, na cidade. Também levou a batata, o nabo, a beterraba e a cenoura e guardou no porão da loja. Em uma noite de segunda-feira, noite adentro, Laura e Carrie ajudaram Ma a separar as roupas e os livros que levariam.

Então Laura descobriu um segredo. Ela estava de joelhos, tirando roupas de baixo de inverno da última gaveta da cômoda de Ma, quando encontrou algo duro sob a flanela vermelha. Laura enfiou a mão e tirou um livro de lá.

Parecia novo em folha. A encadernação era linda, em tecido verde com padrão dourado impresso. A barriga dourada das folhas alinhadas parecia ouro sólido. Na capa, letras curvas, bonitas e elegantes diziam:

Poemas de Tennyson

Laura ficou tão surpresa e impressionada com aquele livro tão bonito e fino escondido entre as roupas de baixo que quase o deixou cair. Enquanto tentava segurá-lo, ele se abriu em suas mãos. À luz da lamparina, as páginas frescas e intocadas se estendiam, com as palavras nunca lidas impressas em uma fonte clara e fina. Linhas vermelhas retas e finas cercavam a impressão, como o tesouro que era, e do lado de fora ficavam as margens puras.

Perto do fim da página esquerda, havia uma breve linha em fonte maior: OS COMEDORES DE LÓTUS.

Coragem!, era a primeira palavra que vinha a seguir. Sem fôlego, Laura leu o conteúdo:

> *Coragem!, disse ele, apontando para o litoral.*
> *Esta onda à costa deve nos conduzir.*
> *À tarde, de fato, eles chegaram, afinal,*
> *A uma terra em que o sol nunca parecia sumir.*
>
> *Um ar lânguido por toda a costa se sentia,*
> *Lembrando alguém que tivesse acordado de um sonho.*
> *Sobre todo o vale, a lua cheia se erguia;*
> *E como...*

Laura parou, horrorizada. Só agora se dava conta do que estava fazendo. Ma devia ter escondido aquele livro, e ela não tinha o direito de lê-lo. Laura fechou os olhos depressa, e então fechou o livro. Quase não foi capaz de fazê-lo, querendo ler mais uma palavra, querendo chegar até o fim do verso. Mas ela sabia que não devia ceder à tentação.

Ela devolveu o livro a seu lugar, entre as flanelas vermelhas. Então devolveu a flanela à gaveta, fechou-a e abriu a de cima. Então não soube o que fazer.

Deveria confessar a Ma o que havia acontecido. Mas soube no mesmo instante que Ma devia estar escondendo o livro para fazer uma surpresa.

Laura pensou por um momento e, com o coração acelerado, chegou à conclusão de que Pa e Ma deviam ter comprado o livro em Vinton, Iowa, provavelmente como um presente de Natal. Um livro tão fino, de poemas, só poderia ser um presente de Natal. E Laura era a menina mais velha da casa agora, de modo que o presente devia ser para ela!

Se confessasse tudo a Ma, estragaria a surpresa que os dois tinham intenção de fazer. Eles ficariam muito decepcionados.

Parecia já fazer muito tempo que ela havia encontrado o livro, mas não era o caso. Ma entrou, apressada, e disse:

— Eu termino aqui, filha. Vá para a cama agora. Já passou da sua hora de dormir.

— Sim, Ma — Laura disse, sabendo que Ma estava com medo de que abrisse a última gaveta e encontrasse o livro. Embora ela nunca tivesse guardado um segredo de Ma, não disse nem uma palavra a ela.

No dia seguinte, depois da escola, Laura e Carrie não fizeram a longa caminhada até a propriedade. Em vez disso, pararam na loja e Pa, na esquina da segunda rua com a rua principal. Pa e Ma já tinham se mudado para passar o inverno na cidade.

O fogão e o armário estavam na cozinha. As camas se encontravam sob o telhado inclinado, com os colchões gordos de feno, as colchas e os travesseiros jogados por cima. A única tarefa que Ma deixara para Laura e Carrie concluírem era a arrumação das camas. Laura tinha certeza de que o livro de poemas de Tennyson continuava escondido na gaveta da cômoda. Mas não ia procurá-lo, claro.

No entanto, sempre que via o móvel, vinha-lhe à mente:

Sobre todo o vale, a lua cheia se erguia;
E como...

Como o quê? Teria de esperar até o Natal para descobrir o restante daquele poema encantador:

Coragem!, disse ele, apontando para o litoral.
Esta onda à costa deve nos conduzir.
À tarde, de fato, eles chegaram, afinal,
A uma terra em que o sol nunca parecia sumir.

Para Laura, o Natal parecia estar longe demais.

Lá embaixo, Ma já tinha arrumado toda a sala. O aquecedor fora polido, as cortinas estavam penduradas, os tapetinhos tinham sido postos sobre o chão varrido. As duas cadeiras de balanço se encontravam a um canto ensolarado. Mas a de Mary estava vazia.

Às vezes, Laura sentia tanta a falta dela que chegava a doer. Mas não adiantaria mencionar aquilo. Mary estava na faculdade, onde era seu lugar. Alguém do corpo docente havia escrito a Pa dizendo que ela estava bem e que progredia rapidamente; logo poderia escrever uma carta.

Ninguém falava do vazio que todos sentiam. Em silêncio, mas alegres, elas preparam o jantar e puseram a mesa. Ma nem percebeu que suspirou ao dizer:

– Estamos bem acomodados para o inverno.

– Sim – disse Pa. – Dessa vez, estamos preparados.

Eles não eram os únicos. Todos na cidade vinham se preparando. O depósito estava abastecido de carvão; os comerciantes haviam abastecido suas lojas. O moinho tinha farinha e trigo para fazer mais.

– Teremos carvão para queimar e algo para comer o inverno inteiro, mesmo que os trens não consigam chegar – Pa se regozijou. Era bom se sentir a salvo e prosperando, ter comida e combustível suficientes para não precisar temer a fome e o frio.

Laura sentia falta das longas caminhadas para ir e voltar da escola. Gostava delas. Em contrapartida, agora ela não precisava se apressar pela manhã, porque não tinha tarefas a cumprir. Pa fazia tudo, porque não precisava trabalhar no campo. E, quanto mais curta a viagem até a escola, melhor para Carrie.

Pa, Ma e Laura estavam preocupados com ela. Carrie nunca havia sido muito forte, mas não tinha se recuperado do inverno anterior como deveria. Eles a poupavam do trabalho da casa, deixando apenas as coisas mais leves para ela fazer, e Ma procurava despertar seu apetite oferecendo o que havia de melhor para comer. Ainda assim, Carrie continuava magra, pálida e pequena para sua idade. Seus olhos pareciam grandes demais em seu rostinho pontudo. Muitas vezes, embora a caminhada até a escola fosse apenas de um quilômetro e meio e Laura carregasse seus livros, ela se cansava antes de chegar. E às vezes sua cabeça doía tanto que ela não conseguia recitar direito. Morar na cidade era mais fácil. Seria muito melhor para Carrie.

Dias de aula

Laura estava gostando da escola. Já conhecia todos os alunos, e ela, Ida, Mary Power e Minnie estavam se tornando amigas rapidamente. Sempre ficavam juntas no recreio e na hora do almoço.

No clima fresco e ensolarado, os meninos brincavam de bola, às vezes jogando-a contra a parede da escola e correndo para pegá-la, trombando uns contra os outros, em meio às gramíneas da pradaria. Com frequência, eles chamavam Laura:

– Venha brincar com a gente, venha!

Laura não tinha mais idade para correr e brincar com os meninos. Mas ela adorava correr e pular para pegar a bola e jogar depois, portanto às vezes se juntava a eles. Os meninos eram pequenos. Ela gostava deles. Nunca reclamava quando a brincadeira passava um pouco do ponto. Um dia, Laura ouviu Charley dizer:

– Ela não é fresca, apesar de ser menina.

Ouvir aquilo deixou Laura feliz e satisfeita. Quando até mesmo meninos pequenos gostavam de uma menina crescida, era porque todos gostavam dela.

As outras meninas sabiam que Laura não era uma traquinas, mesmo quando seu rosto ficava vermelho de tanto correr e pular e seu cabelo se soltasse dos grampos. Ida às vezes brincava também, e Mary Power e Minnie ficavam olhando e batendo palmas. Só Nellie Oleson virava o nariz.

Nellie não saía nem para andar, mesmo quando convidada com educação. Dizia que era tudo "rústico demais".

– Ela tem medo de estragar sua pele do estado de Nova York – Ida comentou, rindo.

– Acho que ela fica dentro da escola para se aproximar da senhorita Wilder – falou Mary Power. – Nellie fica o tempo todo falando com ela.

– Que seja – Minnie disse. – É muito mais divertido sem ela.

– A senhorita Wilder também morou no estado de Nova York – Laura lembrou. – Deve ser sobre isso que elas conversam.

Mary Power olhou para ela de lado e apertou seu braço. Ninguém chamara Nellie de puxa-saco, mas era o que todas estavam pensando. Laura não se importava. Era a primeira da classe em todas as disciplinas, e não precisava ser puxa-saco para garantir sua posição.

Ela estudava toda noite, depois do jantar e até a hora de dormir. Era o momento em que mais sentia falta de Mary. As duas sempre repassavam as lições juntas. Mas agora Mary estava longe, em Iowa, estudando também. E, para que ela terminasse a faculdade e desfrutasse das maravilhosas oportunidades que o aprendizado oferecia, Laura precisava obter um certificado de professora.

Tudo isso se passou pela cabeça dela rapidamente enquanto caminhava de braço dado com Mary Power e Ida.

– Sabe o que eu acho? – Minnie perguntou.

– O quê?

– Aposto que é isso que Nellie está tramando.

Ela acenou com a cabeça para a parelha que se aproximava delas pelas marcas de carroça. Eram os dois morgans.

Suas pernas magras de moviam depressa, seus cascos levantavam pequenas nuvens de poeira. Seus ombros cintilavam, as crinas e os rabos pretos balançavam ao vento. Com as orelhas apontadas para a frente, os olhos vivos dos cavalos enxergavam tudo.

O sol batia no pescoço arqueado dos animais, em seus flancos e quadris. Eles puxavam uma carroça leve nova em folha. O painel brilhava, uma cobertura preta impecável se curvava sobre o assento, as rodas eram vermelhas, e os raios, pretos. Laura nunca havia visto nada igual.

– Por que não se curvou, Laura? – Ida perguntou, depois que o veículo passou.

– Não o viu levantando o chapéu para nós? – perguntou Mary Power.

Laura havia visto apenas os belos cavalos durante a rápida passagem da carroça diante de seus olhos.

– Ah, perdão. Não quis ser mal-educada. Mas eles são tão poéticos, não acham?

– Minnie, você não está querendo sugerir que Nellie está interessada por ele, está? – Mary Power perguntou, arqueando as sobrancelhas. – Ele é um homem adulto. Um proprietário.

– Já a vi olhando para os cavalos – Minnie explicou. – Aposto que está determinada a ser levada por eles. Vocês sabem a cara que ela faz quando está tramando alguma coisa. E, agora que ele tem essa carroça...

– Ele ainda não tinha essa carroça no Quatro de Julho – Laura comentou.

– Acabou de chegar, vinda do leste – Minnie contou. – Ele encomendou depois de vender o trigo. Teve uma excelente colheita.

Minnie sempre sabia de tudo, porque seu irmão, Arthur, contava a ela. Pausadamente, Mary Power disse:

– Talvez você tenha razão. Eu não diria que isso está abaixo dela.

Laura se sentiu um pouco culpada. Não ficaria próxima da senhorita Wilder só para poder passear com os cavalos de Almanzo Wilder. No entanto, muitas vezes pensara que, se a senhorita Wilder gostasse dela, talvez um dia tivesse a oportunidade.

A senhorita Wilder tinha sua propriedade, que ficava a apenas quatrocentos metros da escola. Ela morava em uma cabana pequena. Almanzo muitas vezes a levava à escola pela manhã ou passava por lá depois da aula para levá-la para casa. Sempre que Laura via os cavalos, torcia para que a senhorita Wilder um dia lhe oferecesse uma carona. Seria ela tão terrível quanto Nellie Oleson?

Agora que havia visto a carroça nova, queria receber aquele convite mais do que nunca. Como poderia impedir tal tipo de ideia, com cavalos tão lindos e um veículo tão rápido?

– O sino já vai soar – Ida disse, e elas deram meia-volta para retornar à escola.

Não podiam se atrasar. No vestíbulo, beberam um pouco de água da concha que flutuava no balde de água. Então entraram, queimadas de sol e com o cabelo bagunçado pelo vento, acaloradas e empoeiradas. Nellie estava sentada como uma dama, com sua pele branca e até o último fio de cabelo no lugar.

Ela olhou para as outras meninas e lhes dirigiu um sorrisinho altivo. Laura a encarou, e Nellie pareceu desdenhosa.

– Você não deveria se ter em tal alta conta, Laura Ingalls! – Nellie disse.
– A senhorita Wilder disse que seu pai não tem muito a dizer sobre esta escola, apesar de estar no Conselho.

– Ora! – Laura soltou.

– Acho que ele tem tanto a dizer sobre esta escola quanto qualquer outra pessoa, e provavelmente mais! – Ida disse, firme. – Não é mesmo, Laura?

– Com toda a certeza!

– Sim – concordou Mary Power. – Ele tem mais a dizer, porque Laura e Carrie estudam aqui, e os outros membros do Conselho não têm filhos.

Laura ficou furiosa que Nellie ousasse dizer alguma coisa contra Pa. A senhorita Wilder estava tocando o sino na entrada, e o barulho retiniu na cabeça de Laura.

– Que pena que sua família não sai do campo, Nellie – Laura falou. – Se morasse na cidade, talvez seu pai pudesse fazer parte do Conselho e ter algo a dizer sobre a escola.

Nellie ameaçou esbofetear Laura. Laura viu a mão da garota se levantando e mal teve tempo de pensar que *não podia* revidar àquela possível agressão. Mas Nellie baixou a mão rapidamente e endireitou-se na carteira, pois a senhorita Wilder acabara de entrar na sala.

Sob os ruídos dos alunos voltando, Laura se sentou em seu lugar. Continuava tão furiosa que mal conseguia enxergar. Sob a carteira, Ida apertou rapidamente o punho, como quem dizia: *Muito bem! Você mostrou a ela!*

Mandada para casa

A senhorita Wilder intrigava a todos na escola. Desde o primeiro dia, é claro, os meninos vinham tentando descobrir quão desobedientes poderiam ser até que ela os repreendesse, e ninguém compreendia por que ela não o fazia.

No começo, eles ficavam inquietos e faziam barulho com os livros e as lousas. A senhorita Wilder não parecia se importar até que estivessem de fato atrapalhando. Quando isso acontecia, ela não falava com rispidez com o menino mais barulhento; sorria para todos e pedia com educação que fizessem silêncio.

Todos os dias, a senhorita Wilder pedia aos alunos, várias vezes, que fizessem menos bagunça. Aquilo não era justo com os que não faziam barulho algum. Não demorava e os meninos começavam a sussurrar, cutucando uns aos outros e, às vezes, até escorregando propositadamente da carteira. Algumas das meninas mais novas escreviam recados na lousa uma para a outra, fazendo um grande barulho com o giz.

Mesmo assim, a senhorita Wilder não punia ninguém. Uma tarde, ela bateu na mesa com a régua para chamar a atenção da turma e falou que tinha certeza de que todos ali se esforçavam para serem bons. Também falou que não acreditava em punir crianças. Queria que a respeitassem por amor, e não por medo. Gostava de todos eles e tinha certeza de que gostavam dela também. Até as meninas mais velhas ficaram sem graça com sua maneira de falar.

– Passarinhos que dividem o ninho não devem brigar nunca – ela disse, sorrindo.

O rosto de Laura e de Ida se contraíram em constrangimento. Aquilo ainda mostrava que a professora não sabia nada sobre pássaros.

A senhorita Wilder sempre sorria, mas seus olhos mostravam preocupação. Apenas seus sorrisos para Nellie Oleson pareciam verdadeiros. Era como se sentisse que podia confiar nela.

– Ela é... bem, quase hipócrita – Minnie disse baixo, certo dia, durante o recreio.

Estavam à janela, vendo os meninos jogarem bola. A senhorita Wilder e Nellie conversavam perto do fogão. Era mais frio à janela, mas as outras meninas preferiam ficar ali.

– Não acho que seja o caso – Mary respondeu. – Você acha, Laura?

– Não – Laura respondeu. – Não exatamente. Acho que lhe falta bom senso. Mas ela sabe tudo o que está nos livros. É uma pessoa estudada.

– Isso ela é mesmo – Mary concordou. – Mas uma pessoa não pode saber tudo o que está nos livros e ainda assim ter bom senso? Eu me pergunto o que vai acontecer quando os meninos mais velhos começarem a vir à escola, se a professora não consegue controlar nem os mais novos.

Os olhos de Minnie se iluminaram de animação, e Ida riu. Ida era sempre positiva, vivaz e sorridente, não importava o que acontecesse, porém Mary Power ficou séria, e Laura pareceu preocupada.

– Ah, não podemos ter problemas na escola!

Laura precisava estudar para obter seu certificado de professora.

Agora que moravam na cidade, Laura e Carrie iam para casa comer um prato quente na hora do almoço. Comida quente devia ser melhor para Carrie, embora não parecesse fazer diferença. Ela continuava pálida e magra e estava sempre cansada. Sua cabeça doía tanto que não conseguia aprender a soletrar. Laura a ajudava. De manhã, Carrie sabia todas as palavras; depois, diante da professora, cometia erros.

Ida e Nellie levavam comida para almoçar na escola, assim como a senhorita Wilder. Elas comiam juntas, perto do fogão. Quando as outras meninas voltavam, Ida se juntava a elas, mas Nellie na maioria das vezes ficava conversando com a professora durante todo o intervalo do almoço.

Ela disse às outras meninas várias vezes, com um sorriso furtivo:

– Um dia desses, vou passear na carroça nova puxada pelos morgans. Vocês mal esperam para ver!

As meninas não duvidavam dela.

Um dia, quando voltaram do almoço, Laura levou Carrie junto ao fogão para se aquecer, e viram a senhorita Wilder e Nellie conversando ali próximo. Laura ouviu quando a professora disse, indignada:

– ... Conselho Escolar!

As duas interromperam a conversa quando Laura e a irmã foram notadas por elas.

– Vou tocar o sino – a professora falou, apressada, sem nem olhar para Laura ao passar por ela.

Talvez a senhorita Wilder estivesse se queixando do Conselho Escolar, Laura pensou, e então se lembrou de que seu pai fazia parte dele.

Naquela tarde, Carrie errou outra vez as três palavras que deveria soletrar, fazendo Laura sentir um aperto no coração. Carrie parecia tão pálida e digna de pena. Esforçava-se ao máximo, mas dava para ver que sua cabeça doía terrivelmente. Mamie Beardsley cometeu alguns erros também, mas Laura não achava que aquilo serviria de consolo para a irmã.

Então a senhorita Wilder fechou o livro e disse que estava decepcionada e preocupada.

– Vá se sentar, Mamie, e estude de novo a mesma lição. Carrie, pegue um giz e escreva "catarata", "separado" e "exasperado" corretamente na lousa, cinquenta vezes cada.

A professora disse aquilo com certo triunfo na voz.

Laura ficou furiosa e tentou controlar-se de todas as maneiras. Aquilo era uma punição à pobre Carrie: teria de ficar de pé diante da sala inteira escrevendo no quadro-negro! Mamie também havia cometido erros, mas a senhorita Wilder deixara aquilo passar e punira sua irmã. Devia ter percebido que Carrie fazia o seu melhor e que não se sentia bem. A professora estava sendo maldosa e cruel, o que não era justo!

Sem poder fazer nada, Laura teve de ficar sentada, vendo Carrie ir até a lousa, triste, porém altiva. Estava trêmula e precisou controlar as lágrimas diante da classe. Laura ficou acompanhando sua mão fina escrever devagar uma linha de palavras, uma após outra. Carrie foi ficando cada vez mais pálida, mas não parou. De repente, seu rosto empalideceu, e ela precisou se segurar na lousa.

A mão de Laura se ergueu na mesma hora, e, sem esperar a permissão da professora, ela gritou que Carrie estava passando mal.

A senhorita Wilder se virou depressa para olhar para Carrie e mandou que ela se sentasse.

O suor escorria pelo rosto de Carrie, que já não estava mais tão pálida. Laura sabia que o pior havia passado.

– Sente-se na primeira carteira – a professora disse a Carrie, que conseguiu chegar até lá.

Então a senhorita Wilder se virou para Laura e ordenou:

– Já que não quer que Carrie escreva as palavras que soletrou errado, escreva-as você mesma na lousa, no lugar dela.

A classe inteira ficou em silêncio, olhando para Laura. Seria uma vergonha para ela, uma das meninas mais velhas da turma, ter de ficar escrevendo palavras na lousa como punição. A professora também olhou para Laura, que a encarou.

Laura foi até a lousa, pegou o giz e começou a escrever. Sentia o rosto queimar, mas, depois de um momento, percebeu que ninguém ria dela. Continuou escrevendo as palavras depressa, uma embaixo da outra.

Várias vezes, Laura ouviu que a chamavam com voz baixa, mesmo a sala continuando barulhenta como sempre. Então ela ouviu uma voz sussurrante:

– Laura! *Psss!*

Charley tentava comunicar-se com ela.

– Não faça isso! – ele sussurrou. – Diga que você não vai escrever mais nada. Vamos todos ficar do seu lado!

Laura ficou feliz, porém sabia que não podia arrumar confusão na escola. Ela sorriu, franziu a testa e balançou a cabeça para Charley. Ele se recostou na carteira, decepcionado, mas não disse nada. De repente, Laura percebeu que a professora lhe lançava um olhar fulminante. Ela tinha visto tudo.

A menina voltou a se virar para a lousa e continuou escrevendo.

A senhorita Wilder não disse nada nem a ela nem a Charley.

Laura pensou, ressentida: *Ela não tem o direito de ficar brava comigo. Deveria reconhecer que estou tentando ajudar a manter a ordem na escola.*

Após o fim da aula, a caminho de casa, Charley e seus amigos Clarence e Alfred vinham um pouco atrás de Laura, Mary Power e Minnie.

– Vou dar um jeito naquela bruxa! – Clarence comentou em voz alta para que Laura o ouvisse. – Vou colocar um alfinete torto na cadeira dela.

– Vou quebrar a régua dela antes – Charley prometeu. – Assim ela não vai poder bater em você se te pegar, Clarence.

Laura deu meia-volta e foi até eles.

– Por favor, não façam isso, meninos – ela pediu.

– Por que não? Vai ser divertido, e ela não vai fazer nada com a gente – Charley argumentou.

– Qual seria a graça? Isso não é maneira de tratar uma mulher, mesmo que não gostem dela. Eu gostaria que não fizessem isso.

– Bem... – Clarence cedeu. – Está bem, então. Não vou fazer.

– Nem nós – Alfred e Charley disseram.

Laura sabia que manteriam sua palavra, ainda que não quisessem.

Naquela noite, enquanto estudava à luz da lamparina, Laura levantou a cabeça e disse para a mãe:

– A senhorita Wilder não gosta nem de mim nem de Carrie. E não sei por quê.

Ma parou de tricotar.

– Deve ser imaginação sua, Laura – ela respondeu.

Pa olhou para Laura por cima do jornal.

– É só não darem motivo para isso, que logo ela vai mudar de ideia.

– Não dou motivo a ela para não gostar de mim, Pa – Laura garantiu com sinceridade na voz. – Talvez Nellie Oleson a influencie – ela acrescentou, voltando a baixar a cabeça para o livro. *Ela não deveria dar ouvidos a Nellie Oleson*, Laura pensou.

Na manhã seguinte, Laura e Carrie chegaram cedo à escola. A senhorita Wilder e Nellie estavam sentadas juntas perto do fogão. Não havia ninguém mais ali. Laura deu bom-dia. Quando se aproximava do fogão para se esquentar, sua saia roçou na borda do balde de carvão que estava quebrada e ficou presa.

– Ó, não! – Laura exclamou, tentando soltá-la.

– Rasgou o vestido, Laura? – a senhorita Wilder perguntou, ácida. – Por que não pede um novo balde para a escola, já que seu pai está no Conselho Escolar? Você não consegue tudo o que quer?

Laura olhou para ela, perplexa.

– Ora, não posso fazer isso! – ela exclamou. – Mas a senhorita provavelmente conseguirá um balde novo se quiser.

– Ah, obrigada – respondeu a senhorita Wilder.

Laura não conseguia entender por que a professora havia falado com ela daquele jeito. Nellie, por sua vez, fingiu estar concentrada em um livro, mas tinha um sorriso furtivo no canto da boca. Naquele momento, Laura não conseguia pensar em nada para dizer, por isso permaneceu em silêncio.

Ela passou a manhã toda inquieta, mas os meninos mantiveram sua promessa. Não se comportaram pior que de costume. Não sabiam a lição, porque não tinham estudado, e a senhorita Wilder ficou tão chateada que Laura sentiu até pena dela.

A tarde começou mais tranquila. Laura estava concentrada em sua lição de geografia. Ela olhou para cima enquanto decorava os produtos de exportação do Brasil e viu Carrie e Mamie Beardsley mergulhadas nos estudos. Mantinham as cabeças próximas sobre o livro, com os olhos fixos nele, os lábios se movendo lentamente enquanto soletravam as palavras para si mesmas. Não sabiam que estavam se balançando para a frente e para trás e que as carteiras balançavam um pouco com elas.

Os parafusos que deviam prender as carteiras ao chão deviam estar soltos, Laura pensou. O movimento não fazia nenhum barulho, portanto não atrapalhava. Laura voltou a olhar para o livro e a pensar em portos marítimos.

De repente, ela ouviu a professora falando, brusca:

– Carrie e Mamie! Podem deixar os livros de lado e continuar se balançando na carteira!

Laura levantou a cabeça. Carrie arregalou os olhos e abriu a boca, surpresa. Seu rostinho pontudo ficou branco de choque, depois vermelho de vergonha. Ela e Mamie deixaram o livro de lado e balançaram no lugar, sem força e em silêncio.

– Precisamos de tranquilidade para estudar – a senhorita Wilder explicou, usando um tom de voz suave. – De agora em diante, quem perturbar a aula continuará a fazê-lo até cansar.

Mamie não se importou muito com a repreensão, mas Carrie sentia-se tão constrangida que estava prestes a chorar.

– Podem continuar se balançando até eu mandar parar, meninas – disse a professora, agora com um tom de triunfo na voz. A senhorita Wilder se virou para a lousa, onde estava ensinando aritmética aos meninos, que não faziam questão de prestar atenção ao que ela ensinava.

Laura tentou voltar a se concentrar nas exportações brasileiras, mas não conseguiu. Depois de um tempo, Mamie fez um aceno de cabeça e tomou coragem para atravessar o corredor e ir sentar-se em outra carteira.

Carrie continuou se balançando, mas a carteira dupla era pesada demais para uma só menina balançá-la. Vagarosamente, ela parou.

– Continue, Carrie! – a senhorita Wilder pediu, tranquila, sem falar nada pra Mamie.

O rosto de Laura ficou vermelho de raiva. Estava odiando a senhorita Wilder por ser injusta e malvada com a irmã. Mamie estava se recusando a ser punida, e a professora não ousava lhe dizer nada.

Carrie não era forte o bastante para balançar a carteira sozinha, por ser muito pesada. Fazendo o seu melhor para manter a carteira balançando, ela começava a ficar pálida com tanto esforço. Então o movimento para a frente e para trás foi ficando cada vez mais lento.

– Mais rápido, Carrie! Mais rápido! – a senhorita Wilder ordenou. – Você não queria balançar a carteira? Então, balance!

Naquele momento, raivosa, Laura não se conteve, colocou-se de pé e gritou:

– Professora, se quer que a carteira balance, eu posso fazer isso!

Aquela proposta deixou a professora feliz.

– Faça exatamente isso, então! Nem precisa levar seu livro, só balance a carteira.

Laura se apressou pelo corredor e sussurrou para Carrie:

– Pode descansar.

Ela fincou os pés no chão e balançou a carteira.

Não era à toa que Pa sempre dizia que ela era forte como um pônei francês.

TUM!, as pernas de trás fizeram no chão.

TUM!, as pernas da frente fizeram no chão.

Todos os parafusos se soltaram.

TUM! TUM! TUM! TUM, o barulho que a carteira fazia era ritmado.

Nem mesmo o balançar aliviava a raiva de Laura. Quanto mais rápido ela se balançava, mais brava ia ficando.

TUM! TUM! TUM! TUM!

Ninguém conseguia mais se concentrar.

TUM! TUM! TUM! TUM!

A senhorita Wilder mal conseguia ouvir a própria voz. Ela teve de gritar para chamar a turma que estava no terceiro livro.

TUM! TUM! TUM! TUM!

Ninguém conseguia recitar, ninguém conseguir ser ouvido.

TUM! TUM! TUM! TUM!

Até que a senhorita Wilder gritou:

– Laura, você e Carrie estão dispensadas da aula. Podem passar o resto do dia em casa.

Então fez-se silêncio.

Todos sabiam sobre possibilidade de alunos serem mandados para casa antes do término da aula, mas ninguém nunca tinha visto aquilo acontecer. Era uma punição pior do que bater: ser expulso da escola.

Laura manteve a cabeça erguida, embora mal conseguisse enxergar o que estava fazendo. Ela juntou os livros de Carrie, que a seguiu, toda encolhida, e depois, trêmula à porta, esperou por Laura, que recolhia seus próprios livros. Não se ouvia um pio na sala. Mary Power e Minnie não olharam para Laura, para não a constranger. Nellie Oleson se manteve concentrada no livro, mas um sorrisinho furtivo se insinuava no canto de sua boca. Ida lançou um olhar aflito a Laura, para apoiá-la.

Carrie já tinha aberto a porta. Laura saiu e a fechou atrás de si.

Elas vestiram os casacos. Tudo parecia estranho e vazio fora da escola, porque não havia mais ninguém por perto. Deviam ser cerca de duas horas, portanto não eram esperadas em casa.

– Ah, Laura, o que vamos fazer? – Carrie perguntou.

– Vamos para casa, claro – Laura respondeu, afastando-se cada vez mais da escola.

– O que Pa e Ma vão dizer? – Carrie estava desesperada.

– Vamos saber quando eles disserem. Não vou culpar você, porque não foi culpa sua. É culpa minha, que balancei a carteira demais. Mas estou satisfeita! – ela acrescentou. – Faria tudo de novo!

Carrie não queria saber de quem era a culpa. Não havia conforto para alguém com medo de ir para casa antes do tempo.

A mão enluvada de Carrie pegou na de Laura, e as duas seguiram assim, sem dizer mais nada. Atravessaram a rua principal e finalmente chegaram em casa. Laura abriu a porta, e elas entraram no mais absoluto silêncio.

Pa, que estava sentado à mesa, escrevendo, virou-se na mesma hora. Ma, ao se levantar da cadeira de balanço onde tricotava, fez o novelo de lã cair de suas mãos e rolar no chão. A gata começou a brincar com ele.

– O que fazem aqui? – Ma exclamou. – O que aconteceu, meninas? Carrie está doente?

– Fomos mandadas para casa – Laura respondeu.

Ma se sentou e olhou para o marido, sem saber o que dizer.

Depois de um terrível silêncio, Pa perguntou, com severidade:

– Por quê?

– Foi culpa minha, Pa – Carrie respondeu na mesma hora. – Não tive intenção, mas foi. Mamie e eu que começamos.

– Não, foi culpa minha – Laura a corrigiu. E então contou o que havia acontecido. Quando terminou, um terrível silêncio voltou a reinar.

Então Pa falou, sério:

– Vocês voltarão à escola amanhã de manhã e agirão como se nada disso tivesse acontecido. A senhorita Wilder pode ter errado, mas é a professora. Não quero minhas filhas criando confusão na escola.

– Sim, Pa. Pode deixar – elas prometeram.

– Agora vão se trocar e sentem-se à mesa com os livros – falou Ma. – Podem passar o restante da tarde estudando aqui. Amanhã, farão o que o seu pai lhes disse. Provavelmente tudo será esquecido.

A visita do Conselho

Laura achou que Nellie Oleson pareceu ao mesmo tempo surpresa e decepcionada quando ela e Carrie chegaram à escola na manhã seguinte. Talvez estivesse esperando que não voltassem mais.

– Ah, que bom que vocês voltaram! – Mary Power falou, toda contente.

Ida apertou o braço de Laura e carinhosamente perguntou:

– Você não permitiria que a maldade dela afastasse você da escola, não é, Laura?

– Eu não permitiria que nada me impedisse de concluir minha educação – Laura respondeu.

– Acho que você não poderia concluir sua educação se fosse expulsa da escola – Nellie disse.

Laura olhou para ela.

– Não fiz nada para ser expulsa!

– Você não poderia ser expulsa de qualquer maneira. Não com seu pai no Conselho Escolar, não é? – retrucou Nellie.

– Gostaria que você parasse de falar sobre isso! – Laura explodiu. – Não sei o que lhe importa se…

A conversa foi interrompida quando o sino começou a tocar e todos se dirigiram para a sala de aula

Obedecendo às ordens do pai, Carrie se comportou perfeitamente, assim como Laura. Ela não pensou no versículo da Bíblia que falava do cálice e da travessa limpos apenas externamente, mas, na verdade, ela se assemelhava àquele cálice e àquela travessa. Odiava a senhorita Wilder. Ainda tinha um forte ressentimento contra sua injustiça em relação a Carrie. Queria se vingar dela. Por fora, era bem-comportada, mas não fazia o menor esforço para ser verdadeiramente boa por dentro.

A escola nunca estivera tão barulhenta. Por toda a sala, ouvia-se o barulho de livros, batidas de pés e sussurros. Só as meninas mais velhas e Carrie se mantinham quietas, estudando. Quando a senhorita Wilder se virava para um lado, desordem e barulho irrompiam do outro. De repente, ouviu-se um grito agudo.

Charley se levantou na mesma hora. Suas mãos estavam na parte de trás da calça.

– Um alfinete! – ele gritou. – Tinha um alfinete no meu assento!

O menino mostrou um alfinete torto à senhorita Wilder.

A professora franziu os lábios e daquela vez não sorriu. Disse apenas, cortante:

– Venha comigo, Charley.

O garoto piscou para o restante da sala e foi até a mesa da senhorita Wilder.

– Estenda a mão – a professora ordenou, procurando pela régua sob a mesa. Por um momento, ela tateou o local, abaixou-se para olhar e viu que a régua não estava ali.– Alguém viu minha régua? – ela perguntou.

Nenhuma mão se levantou. O rosto da senhorita Wilder ficou vermelho de raiva. Ela então disse a Charley:

– Fique naquele canto. De frente para a parede!

Charley foi para o canto, coçando a bunda como se ainda sentisse a picada do alfinete. Clarence e Alfred riram alto. A senhorita Wilder se virou rapidamente para eles, porém ainda mais ligeiro Charley olhou por cima do ombro e fez uma careta para ela, arrancando risadas de todos os meninos. Charley tinha sido tão rápido em seu gesto que ela só viu a nuca dele quando se virou para ver o motivo das risadas.

Três ou quatro vezes, a senhorita Wilder olhava para um lado e para o outro, mas Charley conseguia disfarçar suas caretas para que ela não visse. A sala toda ria, exceto Laura e Carrie, que permaneceram com seus rostos totalmente sérios. Mesmo as outras meninas mais velhas riam por trás de seus lenços.

A senhorita Wilder pediu ordem à turma e precisou bater na mesa com o nó dos dedos, porque não encontrava a régua. Sem conseguir deter o riso da classe, não conseguiu ficar de olho em Charley o tempo todo, que continuava com suas caretas.

Os meninos não tinham quebrado sua promessa para Laura, mas estavam se comportando de maneira ainda pior do que haviam prometido. Mas isso não a incomodava nem um pouco. Ao contrário, a deixava muito satisfeita.

Quando Clarence levantou-se do lugar onde se encontrava e começou a engatinhar pelo corredor entre as carteiras, Laura sorriu para ele.

Durante o recreio, Laura se manteve dentro da sala. Tinha certeza de que os meninos estavam tramando alguma coisa mais e preferiu ficar onde não conseguiria ouvi-los.

Quando os alunos regressaram à sala de aula, a desordem foi ainda maior. Os meninos atiravam bolinhas de papel um nos outros; as meninas mais novas cochichavam e passavam bilhetinhos.

Quando a senhorita Wilder estava escrevendo algo no quadro-negro, Clarence voltou a ficar de quatro no corredor, seguido por Alfred. Charley, ligeiro como ninguém, correu e pulou por cima das costas deles, numa brincadeira de mana mula.

Eles olharam para Laura buscando aprovação e receberam um sorriso em troca.

– Por que está rindo, Laura? – a senhorita Wilder perguntou, ríspida, virando-se na direção dos alunos.

– Ora, eu estava rindo, professora? – Laura levantou os olhos do livro, parecendo surpresa.

A sala estava em silêncio, com os meninos em seus lugares e todos parecendo ocupados nos estudos.

– Espero que não estivesse! – a senhorita Wilder retrucou. Ela olhou feio para Laura e voltou a se virar para a lousa. Quase todo mundo, com exceção de Laura e Carrie, voltaram a rir.

Pelo restante da manhã, Laura ficou quieta e concentrou-se em suas lições, olhando furtivamente para Carrie de vez em quando. Em uma ocasião, Carrie também olhou para ela e a viu levar um dedo aos lábios como sinal para que ficasse atenta aos estudos.

Com tanto barulho e confusão atrás dela sempre que se virava, a senhorita Wilder foi se atrapalhando. Então, decidiu dispensar os alunos meia hora mais cedo para o almoço.

Quando Laura e Carrie chegaram mais cedo à casa para almoçar, tiveram de explicar o motivo. Ao contarem sobre a desordem na escola, Pa ficou sério, mas tudo o que disse foi:

– Façam questão de se comportar bem, vocês duas. Lembrem-se sempre disso.

Mas, no dia seguinte, a balbúrdia foi ainda pior. A escola inteira zombava quase abertamente da senhorita Wilder. Laura ficou chocada com o que havia se iniciado com apenas dois sorrisos travessos. Ainda assim, não tentaria impedir os outros a fazê-lo. Ela nunca perdoaria a senhorita Wilder por ter sido tão injusta com Carrie. Jamais!

Agora que todos provocavam e atormentavam a senhorita Wilder, ou pelo menos zombavam dela, Nellie se juntou a eles. Continuava bajulando a professora quando estava a sós com ela, mas repetia para as outras meninas tudo o que a senhorita Wilder dizia, rindo também dela.

Um dia, Nellie revelou que o nome da professora era Eliza Jane.

– É segredo – a menina comentou. – Ela me contou isso há muito tempo e não quer que ninguém mais saiba.

– Não entendo o motivo – Ida disse. – Eliza Jane é um belo nome.

– Eu explico – falou Nellie. – Quando a senhorita Wilder era pequena, lá no estado de Nova York, uma garotinha maltrapilha chegou à escola e ela teve de se sentar com ela. – Nellie pediu que as outras meninas se aproximassem dela e sussurrou: – Ela pegou piolho.

Todas as garotas se afastaram como se aquele comentário propagasse piolho nelas. Mary Power exclamou:

– Você não deveria contar histórias assim tão horrorosas, Nellie!

– Eu não ia contar, mas Ida pediu.

– Ora, Nellie Oleson, eu não pedi isso! – Ida defendeu-se.

– Pediu, sim! Mas ouçam... – Nellie deu risada. – E isso não é tudo. A mãe da senhorita Wilder mandou um bilhete para a professora para que só retornasse à escola quando ficasse livre dos piolhos. De modo que todo mundo ficou sabendo. A senhorita Wilder permaneceu um dia inteiro sendo penteada pela mãe com um pente fino até livrar-se da infestação de piolhos. No dia seguinte, a senhorita Wilder, com medo de encontrar-se com suas amiguinhas fora da escola, procurou entrar atrasada na sala para não ouvir algum comentário maldoso. Só que, no recreio, a sala inteira fez uma roda em volta dela e começou a chamá-la de *Elêndea Jane*. Desde então, ela não suporta o nome. O tempo todo que ficou naquela escola, era assim que todo mundo a chamava quando ficava bravo com ela. *Elêndea Jane!*

Ela contou a história de maneira tão cômica que todas riram, embora um pouco envergonhadas. Depois, concordaram que nunca falariam disso com Nellie, que, por ser tão bajuladora, certamente iria contar à senhorita Wilder tudo que escutara.

A sala de aula se tornara tão barulhenta que nem parecia mais uma escola. Quando a senhorita Wilder tocava o sino, os alunos entravam alegremente, mas batendo os pés para irritá-la. Ela não tinha como observar todos ao mesmo tempo, por isso quase nunca pegava alguém em flagrante batendo livros nas carteiras, jogando bolinhas de papel, assoviando e ficando de pé no meio da sala. Estavam todos unidos contra a professora e se deleitavam importunando-a, desconcertando-a e zombando dela.

    O sentimento que o grupo de alunos nutria contra a mestra deixava Laura meio assustada. Agora ninguém poderia pará-los. A desordem era tão grande que ela não conseguia mais estudar direito. E, se não aprendesse as lições, não obteria um certificado de professora a tempo de ajudar a manter a irmã na faculdade. Talvez Mary fosse obrigada a deixar seus estudos só porque Laura havia sorrido duas vezes diante de um mau comportamento.

    Embora soubesse que não deveria ter feito aquilo, não estava exatamente arrependida. Não havia perdoado a senhorita Wilder. Sentia-se insensível quando pensava na maneira como a professora havia tratado Carrie.

    Em uma manhã de sexta-feira, Ida desistiu de tentar estudar em meio àquela confusão e começou a desenhar na lousa. Toda a turma do primeiro livro cometia erros de propósito ao soletrar algumas palavras e caía no riso. Para castigá-los, a senhorita Wilder mandou que os engraçadinhos fossem ao quadro-negro para escrever as palavras que erravam. Então ela viu-se dividida entre os alunos na lousa e os alunos sentados nas carteiras. Ida continuou desenhando, balançando o corpo enquanto produzia uma musiquinha com o fundo da garganta sem nem perceber. Laura mantinha os ouvidos tapados e tentava estudar.

    Quando a senhorita Wilder anunciou o recreio, Ida mostrou a Laura o que havia desenhado. Era uma caricatura da professora muito bem-feita, idêntica a ela, apenas um pouco exagerada. Sob ela, Ida havia escrito:

> *Ir à escola é muito divertido,*
> *Rir e comer é o único sentido,*
> *Todos riem até a barriga doer,*
> *Com Elêndea Jane ninguém vai aprender.*

Cidadezinha na campina

– Não estou conseguindo acertar os versos – Ida disse, enquanto Mary Power e Minnie admiravam a caricatura, rindo.
– Por que não pede ajuda a Laura? – Mary sugeriu. – Ela é boa com versos.
– Ah, você me ajuda, Laura? Por favor – Ida pediu.

Laura pegou a pequena lousa e o giz. Enquanto as outras esperavam, pensou numa melodia e em palavras que a acompanhassem. Queria agradar Ida e talvez, só um pouco, provar que podia fazer aquilo. No lugar dos versos que a amiga tinha apagado, ela escreveu:

> *Nós nos divertimos à beça na escola.*
> *Cantamos muito e até jogamos bola.*
> *Rimos e rimos até a barriga doer.*
> *Com Elêndea Jane é impossível aprender.*

Ida adorou, assim como as outras garotas. Mary Power disse:
– Não falei que Laura daria um jeito?

Então a senhorita Wilder tocou o sino. O recreio tinha passado num piscar de olhos.

Os meninos entraram fazendo o máximo de barulho possível. Charley notou a lousa de passagem. Ida riu e deixou que ele a pegasse.
– Ah, não! – Laura sussurrou, mas era tarde demais.

A pequena lousa ficou circulando entre os meninos até a hora do almoço. Laura temia que a professora a pegasse e visse o desenho de Ida e a letra dela, mas soltou um suspiro aliviado quando a lousa retornou e Ida apagou tudo rapidamente.

Finalmente, os alunos saíram ao sol para ir para casa almoçar. Laura ouviu os meninos cantando por todo o caminho até a rua principal:

> *Nós nos divertimos à beça na escola.*
> *Cantamos muito e até jogamos bola.*
> *Rimos e rimos até a barriga doer.*
> *Com Elêndea Jane é impossível aprender.*

Laura perdeu o ar. Por um minuto, achou que fosse passar mal. Então gritou:

– Eles não podem fazer isso! Temos de impedir. Ah, Mary, Minnie, venham depressa. – Ela então chamou Charley e Clarence!

– Eles não conseguem ouvir você – Minnie falou. – E não teríamos que impedir, de qualquer maneira.

Os meninos já estavam se separando na rua principal. Tinham passado a conversar, mas, assim que Laura suspirou aliviada pela interrupção da cantoria, um dos garotos voltou a cantar, e outros se juntaram a ele.

Nós nos divertimos à beça na escola:
Cantamos muito e até jogamos bola.
Rimos e rimos até a barriga doer.
Com Elêndea Jane é impossível aprender.

Por toda a rua principal, eles repetiam:

Com Elêndea Jane é impossível aprender.

– Ah, por que eles não têm um pouco mais de juízo? – Laura falou.

– Só há uma coisa a fazer – disse Mary Power. – Não conte quem foi que criou estes versos, Laura. Ida não vai contar, sei disso. Nem eu nem Minnie. Não é, Minnie?

– Juro que não – a outra prometeu. – Mas e quanto a Nellie Oleson?

– Ela não sabe. Ficou o recreio todo falando com a senhorita Wilder. – Porém Mary a lembrou. – Você nunca vai contar, não é, Laura?

– Não, a menos que meus pais me perguntarem – Laura garantiu.

– Eles não vão fazer isso, e ninguém nunca vai saber – Mary Power tentou reconfortar Laura.

Enquanto Laura comia, Charley e Clarence passaram do lado de fora, cantando os terríveis versos.

– Acho que não conheço essa música – Pa disse. – Reconhece a letra?
– Não – disse Ma. – E não me parece uma música muito adequada.

Laura ficou calada. Achava que nunca havia se sentido tão mal na vida. Os meninos cantavam os versos por toda a escola, incluindo Willie, o irmão de Nellie. A própria Nellie que estava com Ida em um canto da sala ouviu a música e ficou furiosa querendo saber quem havia criado tais versos. Contudo, Ida, como prometera, mantinha o nome do autor dos versos em segredo. Tampouco os outros alunos haviam citado qualquer nome. Talvez Willie já soubesse ou iria descobrir muito em breve o nome de Laura e o revelaria em seguida à irmã e, consequentemente, esta iria contar à professora.

No sábado, mesmo sem aulas, foi possível ouvir os meninos cantarolando os versos. Com o tempo bom, eles estavam sempre na rua. Laura torcia para que o tempo mudasse e ficaria muito contente que uma nevasca viesse e pudesse calá-los. Nunca se sentira tão envergonhada: havia levado as fofocas maldosas de Nellie mais longe do que a própria Nellie havia feito. Culpava a si mesma, mas continuava culpando ainda mais a senhorita Wilder. Se ela tivesse sido correta com Carrie, Laura nunca teria se metido naquela encrenca.

Naquela tarde, Mary Power foi visitar Laura. Com frequência, as duas se visitavam e juntas faziam algum trabalho manual. Elas se sentaram na sala da frente da casa, aproveitando o dia esplendoroso que fazia. Laura tricotava um xale de crochê branco para presentear alguém no Natal, enquanto Mary fazia uma gravata de fio de seda para o pai; Ma se balançava em sua cadeira e tricotava, às vezes lendo trechos interessantes do jornal da igreja para elas; Grace brincava, e Carrie costurava uma colcha de retalhos.

Eram tardes agradáveis. O sol de inverno entrava pelas janelas. A temperatura na sala era boa por causa do aquecedor. A gata, que chamavam de Kitty, havia crescido e costumava se alongar e ronronar sobre um tapetinho. Naquele momento, ela estava deitada próximo da porta da frente, miando para sair à rua. Ela havia se tornado famosa na cidade por causa da sua beleza. Tinha pelo branco e cinza, corpo esguio e rabo comprido, e todos queriam acariciá-la. Mas Kitty era gata de uma única família, e só sua família podia tocar nela. Quando outra pessoa tentava fazê-lo, ela dava um pulo rosnando e atacava o rosto dela. Em geral, alguém gritava "Não toque na gata!" a tempo de evitar um arranhão.

Kitty gostava de se sentar nos degraus da entrada e ficar olhando a cidade. Meninos, e às vezes até homens, soltavam cachorros para cima dela para se divertir. A gata ficava ali sentada enquanto os cachorros rosnavam e latiam, mas estava sempre pronta. Se algum avançava, ela dava um pulo miando e aterrissava nas costas dele, fincando suas garras. Então o cachorro saía correndo.

Nada poderia ser mais prazeroso do que aquelas tardes de sábado, quando a simpatia de Mary Power se acrescentava ao aconchego da casa e ao entretenimento providenciado por Kitty. Só que Laura não conseguia desfrutar daquilo tranquilamente, pois tinha medo de ouvir os meninos cantando os versos outra vez, fazendo-a arrepender-se de tê-lo feito.

Preciso contar tudo a Pa e Ma, Laura pensou. Então voltou a sentir raiva da senhorita Wilder. Não pretendia fazer nenhum mal quando escrevera os versos. Tinha feito aquilo no recreio, e não durante a aula. Seria difícil explicar isso aos pais. Talvez, como Ma havia dito, os versos caíssem no esquecimento. Quanto menos fossem repetidos, certamente seria esquecido. No entanto, naquele exato momento, talvez alguém estivesse pensando em contar tudo ao seu pai.

Mary Power também estava preocupada com tudo aquilo. As duas amigas vinham cometendo erros e tendo de desmanchar parte do trabalho. Nunca haviam sido tão pouco produtivas em uma tarde de sábado. Nenhuma das duas disse uma palavra sobre a escola. Elas já não esperavam ansiosamente pela segunda-feira para irem à escola.

Aquela manhã da segunda-feira foi a pior de todas. Ninguém nem fingiu estudar. Os meninos assoviavam e gritavam, as meninas mais novas – com exceção de Carrie – sussurravam, davam risadinhas e até trocavam de lugares umas com as outras. Mal se ouvia a senhorita Wilder pedir:

– Silêncio, por favor! Por favor, fiquem quietos!

Alguém bateu à porta. Apenas Laura e Ida ouviram, porque eram as que se sentavam mais perto da porta, e se entreolharam. Ao ouvirem a batida de novo, Ida levantou a mão, mas a professora não lhe deu atenção.

De repente, uma batida mais forte soou na porta, ouvida por todos. A porta se abriu, e o barulho deu espaço ao silêncio. A sala ficou imóvel quando Pa entrou seguido por dois homens que Laura não conhecia.

– Bom dia, senhorita Wilder – Pa cumprimentou. – O Conselho decidiu que era hora de fazer uma visita à escola.

– Já era hora de fazerem alguma coisa – a senhorita Wilder retrucou. Ela corou na mesma hora, depois empalideceu – Bom dia – disse aos outros dois homens, convidando-os a irem à frente da sala, assim como Pa. De lá, eles deram uma olhada no espaço.

Os alunos estavam todos quietos. O coração de Laura batia forte.

– Ficamos sabendo que a senhorita está tendo alguns problemas – disse um homem alto e solene, mas com simpatia.

– Sim! E fico muito feliz por ter a oportunidade de explicar os fatos aos senhores – a professora respondeu com raiva na voz. – Laura Ingalls é a causa de todos os problemas desta escola. Ela acha que manda em tudo, só porque o pai é membro do Conselho. Sim, senhor Ingalls, a verdade é essa! Ela vive se gabando disso. Ela achou que eu não ficaria sabendo, mas fiquei!

Laura, estupefata, percebeu um olhar triunfante da professora sobre ela. Não estava esperando que a mestra fosse contar uma mentira.

– Sinto muito em saber disso, senhorita Wilder – disse Pa. – Tenho certeza de que não era intenção de Laura causar problemas.

Laura levantou a mão, mas Pa fez um disfarçado "não" com um movimento de cabeça.

– Ela encoraja os meninos a se comportarem mal. Esse é o problema deles – a senhorita Wilder continuou em sua acusação. – Laura Ingalls os incentiva à desobediência e a fazer todo tipo de maldade.

Pa olhou para Charley, cujos olhos brilhavam.

– Ouvi dizer que você foi punido por se sentar em um alfinete torto, meu jovem – disse Pa.

– Ah, não, senhor! – Charley respondeu, com uma expressão inocente no rosto. – Não fui punido por me sentar em um alfinete torto, mas por me levantar por causa de um alfinete torto.

O membro mais simpático do Conselho escolar soltou uma repentina risada, depois fingiu que estava tossindo. O bigode do homem que era mais sério se contorceu para não rir também. A senhorita Wilder ficou bem vermelha, e Pa não se alterou. Ninguém mais tinha vontade de achar graça daquela situação.

Com a voz bastante calma, Pa disse:

– Senhorita Wilder, queremos que saiba que o Conselho escolar está do seu lado em sua intenção de manter a ordem na escola. – Ele olhou para os alunos da sala, muito sério. – Todos vocês devem obedecer à professora, apresentar um bom comportamento e aprender as lições. Queremos ter uma boa escola aqui e a teremos.

Quando Pa falava dessa maneira, aquilo ia acontecer.

A sala se manteve em silêncio e continuou assim depois que o Conselho se despediu da professora e foi embora. Não houve inquietação entre os alunos, não houve sussurros. Os jovens fizeram suas lições em silêncio durante todo o dia.

Ao retornar à casa, Laura continuou calada, perguntando-se o que o pai iria lhe dizer. Não cabia a ela mencionar o que havia acontecido até que ele o fizesse. Pa não disse nada até que a louça estivesse lavada e se encontrassem todos reunidos em volta da lamparina.

Então ele baixou o jornal, olhou para Laura e disse, devagar:

– Agora é hora de você explicar o que disse a todos para que a senhorita Wilder tivesse a impressão de que você manda na escola só porque estou no Conselho.

– Eu não disse isso e não acho isso, Pa – Laura garantiu, sincera.

– Não achei que fosse o caso mesmo – falou Pa. – Mas algo você deve ter dito que causou essa impressão à professora. Pense o que pode ter sido.

Laura não estava preparada para aquela pergunta. Vinha se defendendo mentalmente sobre a mentira que a professora havia contado. Não imaginava o motivo pelo qual poderia tê-lo feito.

– Você falou com alguém sobre minha participação no Conselho escolar? – o pai perguntou.

Nellie Oleson sempre mencionava aquilo, embora Laura desejava que ela não o fizesse. Então Laura se lembrou da discussão que tivera com a colega que quase terminara com Nellie lhe dando um tapa no rosto.

– Nellie Oleson comentou que a professora tinha dito que você não tem muito a dizer sobre a escola, apesar de estar no Conselho. E eu respondi... – Laura estava tão nervosa que sentia dificuldade em recordar exatamente o que a garota havia lhe dito. – Eu respondi a ela que o senhor tem tanto a dizer sobre a escola quanto qualquer outra pessoa. E depois eu disse a Nellie: "Que pena que o seu pai não tem uma casa na cidade. Se vocês não fossem pessoas do campo, ele poderia também estar no Conselho".

– Ah, Laura – Ma disse, pesarosa. – Isso a deixou brava.

– Era o que eu queria, mamãe – garantiu Laura. – Queria deixar Nellie brava. Quando morávamos à beira do riacho, ela sempre ria de mim e de Mary porque morávamos no campo. Agora ela tem a oportunidade de descobrir por si mesma como é.

– Laura, Laura – Ma a repreendeu. – Como pode ser tão rancorosa? Isso faz anos.

– Ela foi mal-educada com você. E má com Jack – Laura respondeu, e lágrimas se acumularam em seus olhos.

– Não importa – Pa disse. – Jack foi um bom cachorro e recebeu sua recompensa no céu. Quer dizer, então, que Nellie distorceu para a senhorita Wilder o que você disse, e foi assim que começou essa história. Entendi. – Pa voltou a pegar o jornal. – Bem, Laura, talvez você tenha aprendido uma lição importante. Lembre-se disto: alguém que fofoca para você também fofoca sobre você.

Por um momento, fez-se silêncio. Então Ma disse:

– Se me trouxer seu álbum, Laura, eu gostaria de escrever nele.

Laura correu para pegar o álbum na caixa, no andar de cima. Ma sentou-se à mesa e começou a escrever com sua caneta perolada. Ela secou a página com cuidado na lamparina e devolveu o álbum à filha.

Na página cor de creme do álbum, Laura leu o que Ma havia escrito com sua bela caligrafia:

> *Se o caminho da sabedoria você procura,*
> *Deve observar cinco coisas com cautela:*
> *A quem fala,*
> *De quem fala*
> *E como, quando e onde.*
>
> *De sua mãe que te ama,*
>
> *C. Ingalls*
De Smet, 15 de novembro de 1881

Cartões de visita

Depois de toda a preparação para o inverno, parecia que a estação friorenta nunca chegaria. Os dias se mantinham claros e ensolarados. Não havia neve no chão.

Quando o trimestre terminou, a senhorita Wilder retornou a Minnesota. O novo professor, chamado senhor Clewett, era quieto, mas firme, e um bom disciplinador. Agora não se ouvia nenhum barulho na escola além das vozes baixas da turma recitando. Todos os alunos estudavam diligentemente em suas carteiras.

Os meninos mais velhos retornaram à escola. Incluindo Cap Garland, muito bronzeado e com os cabelos e os olhos azuis tão claros que pareciam brancos. Ele ainda sorria com facilidade e de maneira calorosa. Todos se lembravam da terrível viagem que havia feito com Almanzo Wilder no inverno anterior para buscar o trigo que impediu que todos morressem de fome. Ben Woodworth também voltou para a escola, assim como Fred Gilvert, cujo pai trouxera o correio depois que os trens tinham parado de circular, e Arthur Johnson, irmão de Minnie.

E a neve continuava sem cair. No recreio e na hora do almoço, os meninos jogavam beisebol, e as meninas mais velhas não brincavam mais lá fora.

Nellie fazia crochê. Ida, Minnie e Mary Power ficavam à janela, vendo os meninos brincarem. Às vezes, Laura ficava entre elas, mas em geral ficava estudando em sua carteira. Tinha pressa e medo de não passar nas provas e chegar aos dezesseis anos sem um certificado de professora. Ela já estava com quase quinze.

— Ah, vamos, Laura, venha assistir ao jogo com a gente — Ida a chamou um dia. — Você tem um ano inteiro de estudos para aprender tudo isso.

Laura fechou o livro e foi ter com elas. Ficava feliz quando as meninas a chamavam, apesar de ver a expressão de desagrado no rosto de Nellie.

— Fico feliz por não ter de trabalhar como professora — ela disse. — Meus pais conseguem se sustentar sem eu ter de trabalhar.

Laura precisou esforçar-se para manter a voz baixa e responder com doçura:

— Claro que você não tem de trabalhar, Nellie, mas nós não estamos vivendo do dinheiro de parentes do leste, não é?

Nellie ficou tão brava que, ao tentar retrucar, gaguejou. Mary Power a interrompeu com frieza:

— Se Laura quer dar aulas, isso não é da conta de ninguém. Ela é inteligente. Vai ser uma boa professora.

— Sim — Ida concordou. — Ela está bem à frente da...

Ida parou de falar porque a porta se abriu, e Cap Garland entrou com um sorriso no rosto. Tinha vindo diretamente da cidade e carregava um saco de papel listrado.

— Olá, meninas — ele disse, olhando para Mary Power e estendendo-lhe o saco. — Querem caramelos?

Nellie foi rápida em responder, retirando o pacote de caramelos das mãos do garoto:

— Ah, Cappie! — ela exclamou — Como sabe que adoro esses doces? São os melhores da cidade!

Laura nunca tinha visto o rosto de Nellie ficar com uma expressão de felicidade. Cap Garland pareceu primeiro sobressaltado, depois tímido.

– E vocês, meninas, querem alguns?

Nellie seguiu a deixa, passando-se por generosa. Abriu o saco e foi de uma em uma, depois pegou um caramelo para si e o guardou no bolso da saia.

Cap olhou para Mary Power, que desviou o rosto. Meio inseguro, ele disse antes de voltar para o jogo lá fora:

– Bem, fico feliz que tenham gostado.

No dia seguinte, Cap Garland apareceu com outro saco de caramelos e tentou entregá-lo nas mãos de Mary Power, porém Nellie, mais rápida, apossou-se dele.

– Ah, Cappie, você é um amor por me trazer caramelos novamente – ela falou, sorrindo e dando as costas para as outras garotas. Ela não tinha olhos para ninguém, além de Cap Garland. – Mas não devo comer tudo sozinha. Pegue um, Cappie.

O garoto pegou um dos caramelos, e Nellie tratou de guardar o saco de balas em sua carteira, não sem dizer que ele era muito carinhoso com ela.

Cap parecia ao mesmo tempo indefeso e satisfeito.

Laura sabia que Mary Power jamais seria capaz de lidar com Nellie. Ela era orgulhosa demais para entrar naquela competição. Laura se perguntou, irritada: *Por que alguém como Nellie consegue tudo o que quer?* E não se tratava apenas dos caramelos.

Até que o senhor Clewett tocasse o sino, Nellie manteve Cap ao seu lado, contando-lhe trivialidades. As outras garotas fingiram nem notar que estavam conversando. Laura pediu que Mary Power escrevesse algo em seu álbum de autógrafos. Todas as meninas, com exceção de Nellie, escreviam nos álbuns umas das outras. Por sinal, Nellie nem possuía um.

Mary Power sentou-se na carteira e começou a escrever, enquanto as outras esperavam para ler assim que terminasse. Com sua caligrafia bonita, ela escreveu:

Laura Ingalls Wilder

> *A rosa do vale pode esmorecer,*
> *Os prazeres da juventude podem passar,*
> *Mas a amizade sempre vai florescer*
> *Enquanto o restante vai declinar.*

Agora, o álbum de Laura tinha muitas preciosidades. Na página ao lado daquela em que Ma havia escrito, Ida escrevera:

> *Despeje uma pérola por mim,*
> *no caixão dourado da memória.*
>
> *De sua amiga querida,*
> Ida B. Wright

De quando em quando, por cima do ombro de Nellie, Cap olhava impotente para as outras meninas, mas elas não prestavam atenção aos dois. Minnie Johnson pediu que Laura escrevesse algo em seu álbum.

– Claro, se você escrever no meu também.

– Farei o meu melhor, mas minha letra não é tão bonita quanto a de Mary, que é perfeita.

Minnie escreveu:

> *Mesmo que o nome que escrevo aqui*
> *Já estiver quase apagado*
> *E as folhas de seu álbum*
> *Amarelarem com o tempo passado,*
> *Pense em mim com amor*
> *E nunca se esqueça*
> *De que me lembrarei de você*
> *Onde quer que eu esteja.*

Então o sino tocou, e cada um dos alunos voltou para seus lugares. No recreio da tarde, Nellie desdenhou dos álbuns de autógrafos.

– Estão ultrapassados – ela disse. – Já tive um, mas não teria uma velharia dessas agora.

Claro que ninguém acreditou naquelas palavras.

– No leste, de onde venho, a moda agora são cartões de visita.

– O que são cartões de visita? – Ida perguntou.

Nellie fingiu estar surpresa, então sorriu.

– Bem, é claro que vocês não sabem. Posso trazer o meu para a escola para mostrar. Mas não posso dar a vocês, porque não teriam nenhum para me dar. O correto é trocar cartões. Todo mundo faz isso no leste.

As meninas não acreditaram nela. Álbuns de autógrafos não podiam estar ultrapassados, porque o delas era quase novo. Ma havia comprado o de Laura em Vinton, Iowa, em setembro. Quando voltavam da escola, Minnie Johnson disse:

– Nellie estava só se gabando. Não creio que ela tenha cartões de visitas. Acho que isso nem existe.

Na manhã seguinte, no entanto, ela e Mary Power estavam tão ansiosas para encontrar Laura que ficaram esperando a amiga diante da porta da casa dela. Mary Power tinha se informado sobre a história dos cartões de visita e contou que Jake Hopp, responsável pelo jornal da cidade, fazia cartões de visita em seu escritório, que ficava ao lado do banco. Eram cartões coloridos, com imagens coloridas de flores e pássaros. O senhor Hopp imprimia o nome das pessoas que queriam tê-los.

– Não acho que Nellie Oleson tenha cartões – Minnie insistiu em sua teoria. – Só descobriu que eles existem antes de nós e agora deve estar planejando arranjar alguns para fingir que vieram do leste.

– Quanto custam? – Laura perguntou.

– Depende das imagens e do tipo de impressão – Mary explicou. – Encomendei uma dúzia, com impressão simples, por vinte e cinco centavos.

O pai de Mary Power era alfaiate e podia trabalhar o inverno todo, ao contrário de Pa, pois agora não havia trabalho de carpintaria na cidade e não haveria até a chegada da primavera. O pai tinha de alimentar cinco bocas em casa e manter Mary na faculdade. Era tolice pensar em gastar vinte e cinco centavos naquele tipo de coisa. Laura não disse mais nada.

Nellie não levou seus cartões à escola naquela manhã. Minnie perguntou a respeito assim que se juntaram à beira do fogareiro onde aqueciam as mãos depois da longa e fria caminhada até a escola.

– Minha nossa, esqueci completamente a respeito! – Nellie disse. – Acho que vou ter de amarrar uma linha no dedo para me lembrar.

Não falei?, dizia a expressão no rosto de Minnie quando ela olhou para Mary Power e Laura.

Quando Cap voltou do almoço naquele dia com um saco de caramelos, Nellie o esperava à porta, como sempre.

– Ah, Cappie... – ela começou a falar com voz adocicada, porém, quando foi apoderar-se do saco de caramelos, Laura se adiantou instintivamente e o retirou das mãos de Cap, entregando-o a Mary.

Todos ficaram surpresos com aquela atitude de Laura, até ela própria. Então um sorriso iluminou todo o rosto de Cap, que olhou grato para ela e depois para Mary.

– Obrigada – Mary disse a ele. – Vamos todas nos refestelar com esses caramelos.

Ela começou a repartir as balas para as outras meninas. Quando estava saindo da sala, Cap olhou para trás com um sorriso satisfeito no rosto.

– Pegue um caramelo, Nellie – Mary ofereceu.

– Claro! – Obviamente ela pegou o maior que havia. – Gosto dos doces que Cap traz; já dele... *pff!* Pode ficar para você.

Mary Power enrubesceu, mas não disse nada. Laura sentiu o próprio rosto em chamas antes de dizer a Nellie:

– Acho que você adoraria ficar com ele se conseguisse. Você sabia o tempo todo que os caramelos não eram para você, e sim para Mary.

– Minha nossa, eu teria Cap na palma da minha mão se quisesse – Nellie se gabou. – Mas não quero. Quem eu quero conhecer é aquele amigo dele, o jovem senhor Wilder, com aquele nome diferente. Vocês vão ver como ainda vou andar naquela carroça dele.

Vai mesmo, Laura pensou. Nellie tinha sido tão simpática com a senhorita Wilder que não era de se surpreender que a antiga professora não a tivesse convidado para dar uma volta. Quanto a ela mesma, Laura sabia que havia estragado qualquer chance de ter aquele prazer.

Os cartões de visita de Mary Power ficaram prontos na semana seguinte, e ela os levou à escola. Eram lindos: verde bem clarinho, com a imagem de um triste-pia cantando em um ramo de vara-de-ouro. Embaixo, estava escrito em letras pretas: MARY POWER. Ela deu um cartão a Minnie, outro a Ida e outro a Laura, muito embora elas não tivessem cartões para lhe dar em troca.

Naquele mesmo dia, Nellie levou os cartões dela para a escola. Eram amarelo-claro, com um buquê de amor-perfeito e um pergaminho dizendo: PARA PENSAMENTOS. O nome dela vinha escrito em uma letra que imitava caligrafia. Ela trocou um cartão com Mary.

No dia seguinte, Minnie disse que ia comprar alguns cartões. Seu pai havia lhe dado dinheiro, e ela faria uma encomenda depois da aula, se as outras meninas concordassem em acompanhá-la. Ida não podia ir.

– Não posso perder tempo – a garota disse, sem se abater. – Tenho de correr de volta para casa e ajudar com as tarefas domésticas tanto quanto possível. E não posso pedir por cartões de visita. O reverendo Brown diz que esse tipo de coisa é pura frivolidade. Mas vou adorar receber o seu, Minnie.

– Ida é muito boazinha – Mary Power comentou, depois que ela foi embora.

Era impossível não gostar de Ida. Laura queria ser igual a ela, mas não era. Em segredo, queria tanto ter seus próprios cartões de visita que quase invejava Mary Power e Minnie.

No jornal, o senhor Hopp, usando um avental manchado de tinta, espalhou os cartões de amostras no balcão para que todas os vissem. Era um mais bonito que o outro. Laura ficou feliz ao ver o cartão de Nellie ali, o que provava que havia acabado de comprá-los.

Eram todos de cores claras e encantadoras, sendo que alguns tinham borda dourada. Havia seis buquês diferentes entre os quais escolher, um deles com dois pássaros dentro de um ninho e AMOR escrito em cima.

– Esse cartão é para rapazes – o senhor Hopp disse a elas. – Só rapazes seriam ousados o suficiente a ponto de distribuir cartões escritos com a palavra "amor".

– Claro – Minnie murmurou, ficando corada.

Era tão difícil escolher entre as opções que o senhor Hopp acabou dizendo:

– Bem, não tenham pressa. Vou seguir com a impressão do jornal.

Ele voltou a pintar os tipos e posicionar folhas de papel. Já tinha precisado acender a lamparina quando Minnie finalmente escolheu o cartão azul-claro. Então, como havia perdido muito tempo na escolha dos cartões, elas voltaram correndo para casa.

Pa estava lavando as mãos, e Ma, colocando o jantar sobre a mesa quando Laura entrou, sem fôlego.

– Por onde andou, minha filha? – Ma perguntou, baixo.

– Desculpe, Ma. Achei que não fosse demorar muito.

Ela então contou sobre os cartões sem dizer que gostaria de ter alguns também, claro. Pa comentou que, levando aquele tipo de novidade a De Smet, o jornalista mostrava que tinha espírito empreendedor.

– Quanto custam? – o pai perguntou.

Laura respondeu que o mais barato saía por vinte e cinco centavos a dúzia.

Já era quase hora de dormir, porém Laura mantinha os olhos fixos na parede enquanto pensava na guerra de 1812. Pa dobrou o jornal, deixou-o de lado e a chamou:

– Laura?

– Sim, Pa?

– Você quer ter esses cartões de visitas novos, não é? – ele perguntou.

– Eu pensava na mesma coisa, Charles – Ma comentou.

– Bem, sim – Laura admitiu. – Mas não *preciso* deles.

Os olhos de Pa pareceram sorrir para ela enquanto tirava algumas moedas do bolso e contava vinte e cinco centavos.

– Acho que você pode ter seus cartões, canequinha – ele disse. – Aqui está o dinheiro.

Laura hesitou.

– Acha mesmo que não tem problema? Podemos pagar? – ela perguntou.

– Laura! – Ma a repreendeu.

Está questionando uma decisão de Pa?, era o que queria dizer. Então Laura se corrigiu, depressa:

– Ah, Pa, *obrigada*!

– Você é uma boa menina, Laura, e queremos que tenha os mesmos prazeres que outras meninas da sua idade – Ma disse. – Antes de ir para a aula amanhã, passe no jornal e encomende os seus cartões de visita.

Naquela noite, sozinha na cama, sem Mary ao seu lado, Laura sentiu vergonha. Não era boa de verdade, como Ma, Mary e Ida Brown. Agora mesmo, ficava feliz pensando que teria cartões de visita não só porque eram bonitos, mas para não ficar devendo nada a Nellie Oleson e para ter coisas tão bonitas quanto Mary Power e Minnie.

O senhor Hopp, ao receber a encomenda de Laura, prometeu que os cartões estariam prontos no horário do almoço da quarta-feira, e assim foi. Naquele dia, Laura mal conseguiu comer. Ma a dispensou de lavar a louça, e ela correu para o jornal. Ali estavam eles, seus cartões cor-de-rosa e delicados, com buquês de rosas e escovinhas azuis. Seu nome estava impresso em uma tipologia clara e fina: Laura Elizabeth Ingalls.

Laura Elizabeth Ingalls

Mal teve tempo de admirar os cartões, porque não podia se atrasar para voltar à escola. Quando se encontrava em um longo quarteirão da segunda rua, correndo pela calçada de tábuas, uma carroça brilhante parou ao seu lado. Laura ergueu a cabeça e ficou surpresa ao ver os morgans marrons. O senhor Wilder mais jovem estava na carroça, com o chapéu na mão. Ele estendeu a outra mão para Laura e disse:

– Quer uma carona até a escola? Assim chegará mais rápido.

Ela deu a mão ao jovem senhor Wilder, que a ajudou a subir e sentou-se ao lado dela. Laura ficou quase sem palavras em meio àquela surpresa, à timidez e ao deleite de estar em uma carroça puxada por belos cavalos. Estes trotavam animados, mas muito devagar. Suas orelhas pequenas se contorciam, como se esperassem a ordem para irem mais rápido.

– Sou... Laura Ingalls.

Laura sentiu-se tola ao dizer aquilo, pois o senhor Wilder provavelmente sabia quem ela era.

– Conheço seu pai e já vi você aqui na cidade – ele respondeu. – Minha irmã costumava falar a seu respeito.

– São belos cavalos! Que nomes eles têm?

Laura sabia muito bem como se chamavam, mas precisava dizer alguma coisa naquele momento.

– O animal que está do seu lado é Lady, uma égua. O outro é Prince, um macho.

Ainda que quisesse que os cavalos andassem mais rápido, o mais rápido possível, ela sabia que seria falta de educação pedir que fizesse isso.

Laura pensou em falar sobre o clima, mas não quis parecer uma tola.

Não conseguia pensar em mais nada para dizer, e em todo aquele tempo só haviam percorrido um quarteirão.

– Fui buscar meus cartões de visita – Laura tolamente falou.

– É mesmo? Os meus são simples. Trouxe de Minnesota.

Ele tirou um do bolso e o entregou a ela. Wilder conduzia os cavalos com uma única mão, mantendo as rédeas entre os dedos enluvados. O cartão era branco e trazia o nome ALMANZO JAMES WILDER escrito em letras antigas.

– É um nome diferente – ele comentou.

Laura tentou pensar em algo simpático para dizer.

– É bastante incomum.

– Não tenho culpa – ele respondeu, sério. – Sempre precisa haver um Almanzo na minha família, porque, na época das Cruzadas, um árabe, dizem, salvou a vida de um Wilder. O nome dele era El Manzoor. Mudaram um pouco aqui na Inglaterra, mas não havia muito mais que pudesse ser feito.

– É um nome muito interessante – Laura comentou com voz sincera.

Ela achava mesmo aquilo, mas não sabia o que fazer com o cartão. Parecia falta de educação devolvê-lo, mas talvez ele não pretendesse que ela ficasse com ele. Laura o segurou de maneira que Wilder pudesse pegá-lo de volta se quisesse. Os cavalos viraram a esquina. Em pânico, Laura considerou se deveria lhe entregar um dos seus cartões caso ele não pegasse o dele de volta. Nellie havia dito que o correto era trocar cartões.

Laura aproximou o cartão dele para que o visse, porém ele continuou manejando as rédeas.

– Quer... seu cartão de volta? – ela lhe perguntou.

– Pode ficar com ele, se quiser.

– E gostaria de um cartão meu?

Ela retirou um cartão do pacote e o ofereceu.

Wilder olhou para ele e agradeceu a ela.

– É um cartão muito bonito – disse, guardando-o no bolso.

Ao chegarem à escola, Wilder amarrou as rédeas na boleia e desceu da carroça. Então tirou o chapéu e ofereceu a mão para ajudar Laura a descer. Ela mal tocou sua mão na luva dele antes de chegar ao chão.

– Obrigada pela carona.

– Não foi nada.

O cabelo dele não era preto, como Laura havia imaginado: era castanho-escuro. Seus olhos eram de um azul tão escuro que não pareciam claros em comparação com seu rosto bronzeado. Ele parecia firme e confiável, mas também despreocupado.

– Olá, Wilder! – Cap Garland o cumprimentou, e ele acenou em resposta, já subindo na boleia e indo embora.

O senhor Clewett tocou o sino, e os meninos entraram na sala.

Enquanto Laura se sentava, Ida mal teve tempo de apertar o braço da amiga e sussurrar:

– Ah, queria que você tivesse visto o rosto de Nellie quando você chegou com o senhor Wilder!

Mary Power e Minnie sorriam para Laura do outro lado do corredor, enquanto Nellie fazia questão de não olhar para ela.

A reunião

Em uma tarde de sábado, Mary Power foi correndo ver Laura. Suas faces estavam rosadas de excitação. A Sociedade Assistencial de Senhoras iria realizar, na noite de sexta-feira, uma reunião de dez centavos na casa da senhora Tinkham, no andar superior da loja de móveis.

– Eu vou se você for, Laura – Mary Power disse. – Ah, senhora Ingalls, ela pode ir, por favor?

Laura não quis perguntar o que era uma reunião de dez centavos. Por mais que gostasse de Mary Power, sentia-se em ligeira desvantagem com ela. As roupas da menina serviam lindamente nela, porque seu pai era alfaiate, e ela usava o cabelo em um estilo moderno, com franja.

Ma disse que Laura poderia ir ao evento. Não tinha ficado sabendo que uma Sociedade Assistencial de Senhoras havia sido formada.

Para dizer a verdade, Pa e Ma estavam bastante decepcionados que o querido reverendo Alden, do riacho Plum, não fosse o pregador local. Era sua intenção, e a igreja o havia enviado para lá, mas, ao chegar, ele descobrira que o reverendo Brown já havia se estabelecido na cidade. Assim, o querido reverendo Alden continuara seu trabalho como missionário no oeste ainda não colonizado.

Mas Pa e Ma não podiam deixar a igreja de lado, claro, por isso Ma deveria trabalhar por aquela Sociedade Assistencial. No entanto, acreditavam que ficariam mais satisfeitos em ajudar se o reverendo Alden fosse o pregador.

A semana toda, Laura e Mary Power aguardaram ansiosas pela reunião. Era preciso pagar dez centavos, por isso Ida e Minnie duvidavam de que os pais as deixassem ir, e Nellie afirmava que não tinha interesse naquele tipo de coisa.

A sexta-feira parecia muito longe para Laura e Mary Power, de tão impacientes que estavam para que chegasse o dia. Na noite em questão, Laura não desvestiu o vestido da escola, apenas sobrepôs um avental longo sobre ele e prendeu o peitilho debaixo do queixo. O jantar foi servido cedo. Assim que lavou a louça, ela começou a se arrumar para a reunião. Ma a ajudou a passar a escova no vestido. Era de lã marrom e tinha sido feito no estilo princesa. A gola era alta e apertada, ficando logo abaixo do queixo, e a saia tocava os sapatos. Era um vestido muito bonito, com debrum vermelho nos punhos e na gola e botões marrons na frente, com um castelinho em relevo no meio.

Diante do espelho na sala da frente, onde a lamparina se encontrava, Laura penteou e trançou o cabelo, com cuidado, depois prendeu as tranças na cabeça e as soltou em seguida. Não conseguia arrumá-lo de um jeito que gostasse.

– Ah, Ma, como eu gostaria que me deixasse cortar a franja – ela quase implorou. – Mary Power tem franja, e fica tão bonito.

– Seu cabelo está bonito assim – a mãe disse. – Mary Power é uma boa menina, mas os penteados dela são um pouco exagerados.

– Seu cabelo é lindo, Laura – Carrie a consolou. – É de um belo tom de castanho, e tão comprido, cheio e brilhante.

Laura ainda olhava infeliz para seu próprio reflexo. Ela pensou nos fios de cabelos que sempre cresciam na linha da testa. Não apareciam quando os penteava para trás, mas, agora que os penteava para a frente e para baixo, formavam uma franjinha.

– Ah, por favor, Ma – ela insistiu. – Eu não cortaria uma franja pesada como a de Mary Power. Por favor, me deixe cortar só um pouco para poder enrolar.

– Está bem – Ma disse, dando seu consentimento.

Laura pegou a tesoura da cesta de costura da mãe e, de pé diante do espelho, cortou o cabelo acima da testa, em uma franja de com cerca de cinco centímetros de comprimento. Ela esquentou o giz comprido no aquecedor e, pegando-o pela ponta fria, enrolou mechas do cabelo mais curto nele na ponta quente. Segurando cada mecha firme, Laura enrolou toda a franja.

O restante do cabelo, ela penteou e depois trançou. Em seguida, enrolou-o ao redor da nuca e o prendeu com grampos.

– Vire e me deixe ver – a senhora Ingalls pediu.

Laura virou-se para ela.

– O que achou, mãe?

– Ficou bom – Ma admitiu. – Mas ainda prefiro como era antes.

– Vire para cá e me deixe ver – Pa pediu. Ele olhou para Laura por um longo minuto, parecendo satisfeito. – Bem, se precisa mesmo usar esse tipo de penteado, acho que fez um belo trabalho.

O senhor Ingalls voltou a se concentrar no jornal.

– Acho que ficou bom. Você está muito bonita – Carrie disse.

Laura vestiu o casaco marrom e colocou a touca de lã marrom forrada de azul na cabeça, com todo o cuidado. A beira dos tecidos marrom e azul era adornada, e a touca terminava em duas pontas compridas que ela podia enrolar em volta do pescoço, tal qual um cachecol.

Laura deu uma última olhada no espelho. Suas faces estavam coradas de excitação, e sua franja estava moderna sob o forro azul da touca, que deixava seus olhos ainda mais azuis.

Ma lhe entregou dez centavos e disse:

– Divirta-se, Laura. Tenho certeza de que vai se lembrar das boas maneiras.

– Acha que devo acompanhá-la até a porta onde acontecerá a reunião, Caroline? – Pa perguntou.

– Ainda é cedo, e não fica muito longe daqui. Ela e Mary Power podem ir juntas – Ma decidiu.

Laura saiu para a escuridão da noite estrelada. Seu coração batia forte de ansiedade. Sua respiração formava nuvenzinhas brancas no ar gelado. A luz das lamparinas iluminava a calçada em frente à loja de ferragens e à farmácia. Duas janelas brilhavam na parte de cima da loja de móveis. Mary Power saiu da alfaiataria, e as duas subiram os degraus da loja.

Mary Power bateu à porta, e a senhora Tinkham abriu. Era uma mulher pequena, de vestido preto com renda branca na gola e nos punhos. Ela as cumprimentou e recolheu os dez centavos das meninas. Então, disse:

– Venham por aqui, para deixar seus casacos.

A semana toda, Laura mal pudera esperar para ver o que exatamente era uma reunião de dez centavos, e agora estava ali. Havia algumas pessoas sentadas em uma sala iluminada. Ela se sentiu um pouco constrangida ao passar por elas, seguindo a senhora Tinkham, e entrar em um cômodo apertado. As meninas deixaram os casacos e toucas na cama, depois foram se sentar, em silêncio, em cadeiras na sala.

O senhor e a senhora Johnsen estavam sentados cada um de lado da janela, que tinha cortinas brancas com detalhes. Diante dela, havia uma mesa polida com uma lamparina grande de porcelana com rosas vermelhas pintadas e manga de vidro. Ao lado, havia um álbum de fotografias de capa verde.

Um tapete florido cobria todo o piso. Havia um aquecedor alto com janelas de cola de peixe no meio. As cadeiras encostadas nas paredes eram de madeira polida. O senhor e a senhora Woodworth se encontravam sentados em um sofá com encosto de madeira alto e estofado preto em tecido de crina brilhante.

As paredes de tábuas eram iguais às da sala da frente da casa de Laura, embora estivessem cheias de fotos de pessoas e lugares que Laura não conhecia. Algumas em molduras largas, pesadas e douradas.

A irmã mais velha de Cap Garland, Florence, estava lá com a mãe deles. A senhora Beardsley também, assim como a senhora Bradley, esposa do farmacêutico. Estavam todas sentadas, arrumadas e em silêncio. Mary Power e Laura tampouco falaram. Não saberiam o que dizer.

Alguém bateu à porta. A senhorita Tinkham foi atender, e logo o reverendo e a senhora Brown entraram. A voz estrondosa dele encheu a sala de cumprimentos a todos. Então ele falou com a senhora Tinkham sobre a casa que havia deixado em Massachusetts.

– É muito diferente deste lugar – o reverendo disse. – Mas somos todos estranhos aqui.

O reverendo decepcionou Laura, que não gostou dele. Pa contara que ele dizia ser primo do John Brown de Ossawatomie, um homem que havia matado inúmeras pessoas no Kansas e depois dado início à Guerra Civil. O reverendo lembrava mesmo a imagem de John Brown que havia no livro de história de Laura.

Seu rosto era grande e ossudo. Seus olhos pareciam fundos sob as sobrancelhas brancas desgrenhadas e brilhavam quentes e impetuosos mesmo quando ele sorria. O reverendo estava desarrumado; seu casaco parecia pendurado em seu corpo grande; suas mãos eram grandes no final dos punhos e um tanto ásperas, com nós dos dedos largos. Em volta da boca, a barba branca comprida estava manchada de amarelo, como se ele mascasse tabaco.

O reverendo falava bastante. Depois que ele chegou, os outros começaram a falar um pouco também, com exceção de Mary e Laura. Elas procuravam manter-se sentadas, com educação, mas de vez em quando se inquietavam. Levou um bom tempo para que a senhora Tinkham começasse a trazer os pratos da cozinha. Cada um deles tinha um pires pequeno com creme e um pedaço de bolo.

Depois de comer o dela, Laura murmurou para Mary Power:

– Vamos para casa.

– Sim, quero ir também – Mary concordou.

Elas deixaram os pratos vazios sob uma mesinha próxima, vestiram os casacos e as toucas e se despediram da senhora Tinkham.

De volta à rua, Laura respirou fundo.

– Nossa! Se isso é uma reunião, não gosto de reuniões.

– Nem eu – Mary Power concordou. – Queria não ter vindo e ficado com os dez centavos.

Pa e Ma pareceram surpresos quando Laura entrou. Carrie perguntou, animada:

– Você se divertiu, Laura?

– Na verdade, não – Laura teve de admitir. – Você deveria ter ido no meu lugar, Ma. Mary Power e eu éramos as únicas meninas. Não tínhamos com quem conversar.

– Foi só a primeira reunião – a mãe garantiu. – Não tinha dúvida de que, quando as pessoas da cidade estiverem mais familiarizadas umas com as outras, as reuniões serão mais interessantes. Li no *Avanço* que as reuniões da igreja são muito elogiadas.

Os saraus

O Natal estava próximo, e ainda não caíra uma única nevasca. De manhã, o chão congelado ficava embranquecido, mas a cor desaparecia assim que o sol nascia. Quando Laura e Carrie iam para a escola, ainda havia um pouco de gelo embaixo da calçada e à sombra das lojas. O vento mordiscava seus narizes e gelava suas mãos, apesar das luvas. Elas não se arriscavam a sair sem cachecol.

O vento produzia um ruído desolado. O sol parecia menor, e não havia pássaros no céu. Na pradaria, uma monotonia sem fim, com as gramíneas desgastadas e mortas. A escola dava a impressão de estar em ruínas, acinzentada e semiabandonada.

Parecia que o inverno nunca começaria e nunca terminaria. Que nada aconteceria além de ir para escola e voltar para casa, estudar na escola e estudar em casa. O dia seguinte seria igual ao anterior. Laura pressentia que em toda a sua vida não haveria nada além de estudar e lecionar. Nem o Natal seria um Natal de verdade sem Mary.

Laura imaginava que o livro de poemas continuava escondido na cômoda da mãe. Sempre que ela passava pelo móvel no quarto de Ma, no alto da escada, pensava no livro e no poema que havia lido:

Coragem!, disse ele, apontando para o litoral.
Esta onda à costa deve nos conduzir.
À tarde, de fato, eles chegaram, afinal,
A uma terra em que o sol nunca parecia sumir.

O mesmo pensamento lhe ocorria com tanta frequência que já parecia envelhecido, e nem mesmo a perspectiva de ganhar o livro de Natal a animava.

A noite de sexta-feira chegou. Laura e Carrie lavaram a louça, como sempre, depois levaram seus livros para a mesa iluminada pela lamparina, como sempre. Pa estava em sua cadeira, lendo o jornal, como sempre. Ma se balançava suavemente enquanto as agulhas de tricô batiam uma contra a outra, como sempre. Laura abriu seu livro de história, como sempre.

De repente, ela não aguentava mais. Afastou a cadeira, fechou o livro com força e o jogou longe na mesa. Pa e Ma se assustaram e olharam pela ela, surpresos.

– Chega! – ela gritou. – Não quero estudar! Não quero aprender! Não quero ser professora!

Ma pareceu tão firme quanto possível:

– Sei que você nunca xingaria, Laura, mas perder o controle e bater as coisas é tão grave quanto xingar de fato. Que isso não se repita.

Laura não disse nada.

– O que foi? Por que não quer aprender ou lecionar? – o pai perguntou.

– Ah, não sei! – Laura disse, desesperada. – Estou cansada de tudo. Quero... quero que algo aconteça. Quero ir para o oeste. Acho que quero brincar, e sinto que já sou velha demais para isso.

Ela quase soltou um soluço de choro, algo que nunca fazia.

– Ora, Laura! – a mãe exclamou.

– Não importa – o pai disse, apaziguador. – Você tem estudado demais, só isso.

– Sim, deixe os livros de lado por hoje – concordou a mãe. – Ainda restam algumas histórias na última remessa de *Companheiros da juventude*. Poderia ler para nós? Gostaria disso?

– Posso fazer isso, sim, Ma – Laura respondeu, sem muito entusiasmo. Nem mesmo de ler tinha vontade. Não sabia o que queria, mas sabia que não aguentava mais, o que quer que fosse. Ela pegou o *Companheiros da juventude* e puxou sua cadeira para perto da mesa outra vez. – Pode escolher a história que quiser, Carrie.

Laura leu em voz alta, com toda a paciência, enquanto Carrie e Grace ouviam de olhos arregalados e Ma se balançava na cadeira, tricotando. Pa tinha atravessado a rua para passar a noite conversando com os homens em volta do fogareiro da loja de ferragens do senhor Fuller.

De repente, ele abriu a porta e entrou, dizendo:

– Coloquem as toucas, Caroline, meninas! Vamos fazer uma reunião na escola!

– Mas o quê...? – Ma começou a dizer.

– Todo mundo vai – explicou Pa. – Vamos começar a fazer saraus.

Ma deixou o tricô de lado e falou:

– Laura e Carrie, peguem os casacos enquanto arrumo a Grace.

Elas logo estavam prontas para seguir a lanterna acesa que estava nas mãos de Pa. Antes de saírem da casa, Ma quis apagar a lamparina, mas o marido a deteve.

– É melhor a levarmos para ajudar a iluminar a escola – ele explicou.

Outras lanternas avançavam pela rua principal e adentravam na escuridão da segunda rua. Pa chamou o senhor Clewett, que saiu com a chave da escola. As carteiras pareciam estranhas à luz bruxuleante. Outros tinham levado lamparinas de casas. O senhor Clewett acendeu uma grande em sua mesa, e Gerald Fuller colocou um prego na parede e pendurou outra com refletor de metal. Ele havia fechado a loja para essa reunião, assim como todos os comerciantes fizeram e se dirigiram para a escola.

Quase todo mundo na cidade compareceria ao sarau. A lanterna de Pa ajudava outras a iluminar a escola.

Os assentos das carteiras foram ocupados pelas mulheres, e os homens se aglomeraram mais atrás. O senhor Clewett pediu ordem e explicou que o propósito da reunião era organizar uma sociedade artística.

– A primeira coisa a fazer é listar os membros – ele disse. – Depois, vou ouvir indicações para o presidente temporário. Ele assumirá o comando, e prosseguiremos com a indicação e votação dos membros permanentes do Conselho.

Todos ficaram surpresos e um pouco menos animados, mas a questão de quem poderia ser o presidente era interessante. Pa se levantou e falou:

– Pessoal, viemos aqui para nos divertir. Não acho que seja necessário deixar tudo tão organizado. Do meu ponto de vista, o problema na organização do que quer que seja feito é que logo as pessoas costumam prestar mais atenção à organização em si do que àquilo para que se organizaram. Acho que todos estão de acordo quanto ao que queremos. Se começarmos organizando e fazendo uma eleição, provavelmente entraremos em discordância. Por isso, sugiro seguir em frente e fazer o que queremos, sem representantes. O senhor Clewett é o professor e pode agir como líder. Toda reunião podemos passar a ele o programa da próxima. Qualquer um que tiver uma ideia pode falar, e qualquer um que for convocado fará sua parte da melhor maneira possível, para que todo mundo se divirta.

– Muito bem, Ingalls! – o senhor Clancy falou, e Pa voltou ao seu lugar, sob aplauso de muitos.

– Todos em favor digam "sim" – o senhor Clewett pediu, e um sonoro "sim" decidiu que assim seria.

Por um momento, ninguém sabia o que deveria ser feito a seguir. Então, o professor Clewett disse:

– Não temos programa para hoje.

– Bem, não podemos voltar para casa ainda! – um homem respondeu.

O barbeiro sugeriu cantarem, e alguém falou:

– Seus alunos poderiam recitar, Clewett.
Então uma voz sugeriu:
– Que tal um concurso de soletração?
Muitos concordaram.
– Boa ideia!
– Muito bem! Vamos fazer um concurso de soletrar!

O senhor Clewett nomeou Ingalls e Gerald Fuller líderes. Ouviram-se muitas brincadeiras enquanto eles assumiam seus lugares num dos cantos da frente da sala e chamavam alguns nomes.

Laura aguardou ansiosa. Os adultos foram primeiro, claro. Um a um, eles foram à frente, e, conforme as duas filas aumentavam, Laura temia que Gerald Fuller pudesse chamá-la antes de Pa. Ela não queria enfrentar o próprio pai. Finalmente, após uma breve pausa, chegou a vez de Pa escolher, e, embora ele tivesse feito uma piada que provocara risos em todos os presentes, Laura viu que ele hesitava. Por fim, decidiu-se e chamou:

– Laura Ingalls.

Ela se apressou e entrou na fila comandada por ele, ficando atrás de Ma, que já estava ali, à sua frente.

Então chegou a vez de Gerald Fuller chamar:

– Foster!

O senhor Foster, o último dos adultos, entrou na outra fila, lado a lado com Laura. Talvez Pa devesse tê-lo escolhido porque era um adulto, mas ele queria que a filha ficasse do seu lado. Laura achava que o senhor Foster não poderia ser muito bom em soletração. Ele era um proprietário de terras e conduzia uma parelha de bois. No ano anterior, havia feito Lady, a égua de Almanzo Wilder, fugir após atirar em um bando de antílopes, embora estivessem fora de seu alcance.

Os alunos da escola foram escolhidos rapidamente, até mesmo o mais novo deles. As duas filas saíam da mesa do professor e seguiam pelas paredes até a porta.

O senhor Clewett então abriu o livro.

Primeiro, ela pediu as palavras mais simples. "Paz", "mal", "ego", "luz", "réu", "ora". Com "herói", ele pegou o senhor Barclay, que soletrou, confuso:

– Herói. *H-E-R-O-E*. Herói.

O som das risadas o surpreendeu. Ele se juntou a elas ao voltar ao seu lugar no fundo da sala, tendo sido o primeiro eliminado.

As palavras foram ficando cada vez mais extensas. Mais e mais pessoas eram eliminadas. Primeiro foi a fila de Gerald Fuller que ficou bem curta, depois a de Pa, depois a de Gerald Fuller outra vez. As risadas e a animação deixavam todos mais aquecidos. Laura sentia-se em casa. Adorava soletrar. Pisando em uma rachadura no chão e com as mãos para trás, ela soletrava todas as palavras que recebia. Quatro pessoas do lado inimigo foram eliminadas, depois três do lado de Pa, então Laura recebeu outra palavra. Ela respirou fundo e soletrou, fluentemente:

– Diferenciação. *D-I-F-E-R-E-N-C-I-A-Ç-Ã-O*. Diferenciação!

Aos poucos, quase todas as carteiras foram sendo preenchidas por participantes que haviam errado, sem fôlego de tanto rir. Restavam seis na fila de Gerald Fuller e apenas cinco na de Ingalls: ele, Ma, Florence Garland, Ben Woodworth e Laura.

– Repetitivo – pediu o senhor Clewett.

Ele perdeu mais um em sua fila, deixando as duas iguais. Então ouviu-se a voz de Ma soletrar:

– Repetitivo. *R-E-P-E-T-I-T-I-V-O*. Repetitivo.

– Mimosácea – disse o senhor Clewett.

Gerald Fuller soletrou:

– Mimosácea. *M-I-M-O-S-Á-S...* – Ele olhava para o senhor Clewett. – Não, *M-I-M-O-S-Á...* Não consigo. – Gerald Fuller desistiu e voltou ao seu lugar no fundo da sala.

A pessoa seguinte na fila de Gerald Fuller, que tinha sido professora naquela escola, também errou e também foi se sentar. Na vez de Ben Woodworth, ele balançou a cabeça e desistiu sem tentar. Laura se endireitou

CIDADEZINHA NA CAMPINA

no lugar, preparando-se para soletrar a palavra. O senhor Foster, que agora era o primeiro da outra fila, começou:

– Mimosácea. *M-I-M-O-S-Á-C-E-A*. Mimosácea.

Aplausos irromperam, e um homem gritou:

– Muito bem, Foster!

O senhor Foster, que havia tirado o casaco e ficado só de camisa xadrez, abriu um sorriso tímido. Mas seus olhos brilhavam. Ninguém havia imaginado que era tão bom soletrando.

Palavras se seguiram, as mais complicadas, aquelas que estavam no fim do livro. Do outro lado, todos erraram, com exceção do senhor Foster. Ma também errou, de modo que restaram apenas Pa e Laura contra o senhor Foster.

Nenhum deles errava uma. Em meio ao silêncio, Pa soletrava, o senhor Foster soletrava, Laura soletrava, e o senhor Foster soletrava de novo. Eram dois contra um. Ainda assim, não conseguiam derrotá-lo.

– Xantofila – disse então o senhor Clewett.

Era a vez de Laura.

– Xantofila – ela repetiu.

Para sua surpresa, ficou confusa. Seus olhos se fecharam. Era quase capaz de ver a palavra na última página do livro, mas não conseguia pensar direito. Laura teve a sensação de que ficou um longo tempo em silêncio, com todos os olhos nela.

– Xantofila – ela repetiu, desesperada. Então soletrou depressa: – *C-H-A-N-T-O-F-I-L-A*?

O senhor Clewett fez que não com a cabeça.

Laura foi se sentar, tremendo. Agora restava apenas Pa.

O senhor Foster pigarreou.

– Xantofila – ele disse. – *C-H-A-N-T-O...*

Laura prendeu o ar. Todos prenderam.

– *... F-I...* – concluiu o senhor Foster.

O senhor Clewett esperou. O senhor Foster, também. A espera pareceu durar uma eternidade. Até que o senhor Foster falou:

– Não sei.

E foi para o fundo da sala. O público o aplaudiu de qualquer maneira pelo que havia feito. Naquela noite, ganhara o respeito de todos.

– Xantofila – disse Pa.

Agora parecia impossível que alguém conseguisse soletrar aquela palavra, mas Laura pensou: *Pa consegue, vai conseguir, tem que conseguir!*

– X-A-N-T-O... – Pa começou, devagar, depois embalou – ... F-I-L-A.

O senhor Clewett fechou o livro. Ouviram-se aplausos estrondosos dos presentes. Pa tinha vencido a cidade inteira no concurso de soletrar.

Depois, ainda animados, todos começaram a se preparar para deixar o local.

– Não me lembro da última vez que me diverti tanto assim – a senhora Bradley disse a Ma.

– E pensar que teremos outro sarau na próxima sexta – comentou a senhora Garland.

Ainda falando, a multidão começou a sair da escola e seguir na direção da rua principal, carregando suas lanternas.

– Está se sentindo melhor, Laura? – Pa perguntou.

– Ah, sim! – ela respondeu. – Ah, como foi divertido!

O turbilhão da alegria

Agora eles tinham a noite de sexta-feira para esperar. Depois do segundo encontro, uma rivalidade já havia se formado, de modo que havia notícias quase todos os dias.

O segundo encontro fora só de charadas, e Pa mais uma vez ganhara. Ninguém conseguira solucionar a charada dele.

No caminho para casa, Laura ouvira o senhor Bradley dizer:

– Não tinha mesmo como alguém desvendar a charada de Ingalls!

Com seus modos ingleses, Gerald Fuller sugeriu:

– Acho que temos talento o bastante para um programa musical, não?

Assim, na sexta-feira seguinte, houve música. Pa tocou sua rabeca, e Gerald Fuller tocou seu acordeão, fazendo a escola e a multidão vibrar. Sempre que paravam de tocar, recebiam aplausos para que continuassem.

Uma noite como aquela parecia impossível de ser batida. Mas o interesse de toda a cidade havia sido despertado, e as famílias começaram a sair de suas propriedades para comparecer aos saraus das sextas. Os homens da cidade já estavam preparados: tinham planejado uma noite musical soberba. Haviam ensaiado e pegado emprestado o órgão da senhora Bradley.

Naquela sexta, com todo o cuidado, eles protegeram o órgão com colchas e cobertores, depois o carregaram na carroça do senhor Foster e o levaram até a escola. Era um belo órgão, todo de madeira brilhante, com tapeçaria nos pedais e a parte de cima com pináculos afilados de madeira, prateleirinhas e espelhos em forma de losango. O suporte para partituras em madeira tinha padrão rendado e um tecido vermelho atrás, que aparecia por entre os buraquinhos, além de um espaço redondo dos dois lados para as lamparinas.

A mesa do professor foi retirada da sala, e o órgão foi colocado em seu lugar. O senhor Clewett escreveu o programa na lousa. Primeiro, ouviriam o órgão em um solo, depois acompanhado pela rabeca de Pa, e depois acompanhado por quartetos, duetos e solos. A senhora Bradley cantou:

> *Ah, tempo que voa,*
> *Peço-lhe que volte atrás*
> *E torne-me criança*
> *Por esta noite mais.*

Laura não aguentava tanta tristeza. Um nó se formou em sua garganta. Uma lágrima rolou pela face de Ma antes que ela pudesse secá-la com o lenço. Todas as mulheres enxugavam os olhos, enquanto os homens pigarreavam e assoavam o nariz.

Todos disseram que nada poderia ser melhor do que aquela noite. Mas Pa comentou, misterioso:

– Esperem só para ver.

Como se não fosse o bastante, agora a igreja finalmente tinha teto, e todo domingo havia dois serviços religiosos, além da escola dominical.

Era uma bela igreja, ainda que parecesse crua. Não havia sino no campanário ou qualquer acabamento nas paredes de tábuas. Do lado de fora, a madeira ainda não havia sido pintada, e do lado de dentro os pregos estavam aparentes. O púlpito e os longos bancos nas laterais eram de madeira bruta. Pelo menos tudo era novo e exalava um cheiro agradável.

Cidadezinha na campina

No pequeno vestíbulo logo que se entrava na igreja, havia uma cortina de tecido que esvoaçava ao vento. Num dos lados do altar podia ser visto o órgão que a senhora Bradley gentilmente emprestara por algum tempo, de modo que havia música para acompanhar o canto.

Para Laura, o sermão que o reverendo Brown dizia não fazia muito sentido, mas ela se distraía comparando-o com uma ilustração de John Brown do livro de história que ganhara vida. Seus olhos brilhavam, seu bigode branco balançava, suas manzorras acenavam, agarravam e se cerravam em punhos que batiam no púlpito e sacudiam no ar. Laura se distraía mudando as frases do reverendo nos pensamentos, aperfeiçoando-as gramaticalmente. Ela não precisava lembrar-se do sermão, pois em casa o pai só pedia que ela e Carrie repetissem os textos lidos. Quando o sermão acabava, sempre vinha mais música.

O melhor de todos era o hino dezoito. As notas do órgão soavam, e todos cantavam vigorosamente:

> *Seguimos adiante com o cajado na mão,*
> *Atravessando um deserto que nunca vimos,*
> *Nossa fé e nossa esperança nos guiarão*
> *Pelo bom e velho caminho dos peregrinos.*

Depois, todos juntos soltavam a voz em coro, mais alto que o órgão.

> *O bom e velho caminho por nossos pais trilhado,*
> *O caminho da vida, que leva a nosso Deus amado,*
> *Este é o único caminho para o reino do dia,*
> *Estamos indo para casa da maneira antiga.*

Com a escola dominical, o serviço da manhã, o almoço, a louça a ser recolhida e lavada e o serviço do fim da tarde, o domingo passava voando. Na segunda-feira, os alunos voltavam à escola, já esperando pelo sarau na sexta. No sábado, tinham muito sobre o que conversar, e logo era domingo de novo.

Como se não fosse o bastante, a Sociedade de Senhoras estava planejando uma grande celebração para o feriado de Ação de Graças, com o objetivo de ajudar a pagar pela construção da igreja. Seria uma ceia à moda da Nova Inglaterra. Laura correu para casa depois da escola, para ajudar a mãe a cortar e cozinhar a maior abóbora que o pai havia semeado no verão. Com todo o cuidado, ela também colheu e lavou feijões-brancos. Ma ia fazer uma torta de abóbora enorme e a maior panela possível de feijões assados para levar para a ceia.

Não houve aula no Dia de Ação de Graças. Tampouco houve almoço especial em casa. Foi um dia estranho e vazio, cheio de ansiedade, enquanto ficavam de olho na torta e no feijão e aguardavam pela noite. À tarde, todos se revezaram para tomar banho na cozinha. Era esquisito tomar banho durante o dia e em plena quinta-feira.

Laura escovou com cuidado o vestido com que costumava ir à escola, penteou e trançou o cabelo e enrolou a franja. Ma colocou seu segundo melhor vestido, e Pa aparou o bigode e vestiu suas roupas de domingo.

Quando chegou a hora de acender a lamparina, eles estavam morrendo de fome. Ma embrulhou a panela em papel pardo, depois passou um xale em volta para manter o feijão quente. Laura preparou Grace para o frio e depois foi correndo colocar o casaco e o gorro. Pa levou o feijão, e Ma levou a torta de abóbora que havia feito em uma assadeira quadrada para mão. Laura e Carrie carregaram juntas uma cesta cheia de pratos da cozinha, e Grace as seguia logo atrás.

Assim que passaram pela loja de ferragens, viram a igreja iluminada mais além dos terrenos vazios. Havia uma série de carroças, parelhas e pôneis selados do lado de fora, e as pessoas sumiam na iluminação fraca do vestíbulo.

Todas as lamparinas nas paredes internas da igreja estavam acesas. Os recipientes estavam cheios de querosene, e os refletores de metal faziam com que sua luz brilhasse deslumbrante por trás das mangas de vidro transparente. Todos os bancos tinham sido encostados nas paredes, e duas mesas compridas com toalha branca se estendiam cintilantes no meio do salão.

– Ah, vejam! – Carrie exclamou.

Laura ficou imóvel por um instante. Até mesmo seus pais ficaram estáticos, embora fossem velhos demais para demonstrar surpresa. Um adulto nunca devia revelar seus sentimentos na voz ou nos modos. Laura ficou só olhando e procurou tranquilizar Grace, que estava tão animada e emocionada quanto Carrie.

No meio de uma extensa mesa, havia um leitão assado, com uma maçã vermelha na boca. O aroma delicioso do porco assado superava todos os aromas deliciosos que vinham daquela mesa. Laura e Carrie nunca haviam visto tanta comida junta; havia travessas cheias de purê de batata, de nabo e de abóbora, todos com manteiga derretida escorrendo para as laterais a partir de concavidades em cima; havia tigelas grandes de milho seco que fora colocado de molho e depois cozido com creme; havia travessas com pilhas de quadradinhos dourados de pão de milho e fatias de pão branco, rústico e integral; havia picles de pepino, beterraba e tomate verde, e tigelas de vidro cheias de conservas de tomate e geleia de frutas vermelhas. Em cada mesa, havia assadeiras compridas e largas de torta de frango, com vapor saindo pelas aberturas na massa crocante.

A comida mais maravilhosa de todas era o leitão assado. O aroma rico, gorduroso e tostado daquele prato, que Laura não sentia havia muito tempo, era melhor do que o cheiro de qualquer outra comida.

As pessoas já estavam sentadas às mesas, degustando o primeiro e o segundo prato, passando travessas umas para as outras, e com muita conversa entre elas.

– Quanto quilos pesava este porco? – Laura ouviu um homem perguntar enquanto pegava mais.

O homem que estava servindo respondeu, cortando uma fatia grossa da carne:

– Não sei dizer exatamente, mas o porco devia pesar mais de vinte quilos.

Não havia mais nenhum lugar à mesa. A senhora Tinkham e a senhora Bradley corriam de um lado para o outro por trás das cadeiras, esticando-se para encher canecas de café ou chá. Outras senhoras tiravam pratos sujos e os substituíam por limpos. Assim que alguém terminava de comer e se levantava, o lugar era ocupado. Embora a ceia custasse cinquenta centavos, caro para alguns, a igreja estava lotada de gente, e as pessoas continuavam chegando.

Aquele acontecimento era uma grande novidade para Laura. Ela se sentiu perdida e não soube o que fazer até que viu Ida lavando a louça a uma mesa no canto da igreja. Ma tinha começado a ajudar a servir as mesas, por isso Laura resolveu ajudar a amiga.

– Não trouxe avental, não? – Ida perguntou. – Então prenda esta toalha com um alfinete. Não quero que molhe o seu vestido.

Como era filha do reverendo, Ida estava acostumada a trabalhar para a igreja. Suas mangas estavam arregaçadas, e seu vestido estava coberto por um avental enorme. Ela ria e conversava enquanto lavava a louça a um ritmo acelerado e Laura logo a secava.

– Ah, esta ceia está sendo um enorme sucesso! – Ida comemorou. – Você imaginava que viria tanta gente assim?

– Não – Laura respondeu. Então, sussurrou: – Acha que vai sobrar alguma coisa para a gente?

– Ah, sim! – Ida respondeu, confiante. Depois explicou, mais baixo: – Mamãe Brown sempre cuida disso. Ela guardou algumas das melhores tortas e até um bolo.

Laura não se importava tanto com as tortas doces e os bolos, mas torcia para que houvesse sobrado um pouco do porco quando fosse sua vez de sentar-se à mesa.

Quando Pa conseguiu lugares para ele, Carrie e Grace, ainda havia um pouco carne de porco para eles. Laura olhava para os três, todos sorridentes, enquanto secava a louça. Assim que terminava de passar o pano nos pratos e nas canecas, eles eram levados imediatamente à mesa. E parecia que ainda mais rápido a louça suja era empilhada em volta da bacia.

– Precisamos de ajuda aqui – Ida disse, animada.

Ninguém esperava tanta gente. Ma parecia voar de um lado para o outro, assim como a maior parte das outras senhoras. Laura continuava enxugando os pratos, pois estava decidida a não deixar Ida lidar com tudo aquilo sozinha, ainda que sentisse cada vez mais fome e tivesse cada vez menos esperança de conseguir comer alguma coisa.

Demorou bastante para que as mesas começassem a esvaziar. Finalmente, apenas as mulheres da Sociedade Assistencial, Ida e Laura continuavam com fome. Os pratos, as canecas e os talheres foram lavados e secos de novo, uma mesa foi reposta, e todas se sentaram. Restava uma pilha de ossos onde o porco havia estado, mas Laura ficou feliz em ver que havia bastante carne neles, e ainda sobrava um pouco de torta de frango. Discretamente, a senhora Brown chegou com o bolo e as tortas que havia reservado.

Por um tempo, Laura e Ida descansaram e comeram, enquanto as mulheres elogiavam a comida umas das outras e reconheciam o sucesso da ceia. Ouvia-se o barulho das conversas dos homens nos bancos lotados junto às paredes, nos cantos da igreja e em volta do fogareiro.

Então as mesas foram finalmente desmontadas. Laura e Ida lavaram e secaram mais louça, e as mulheres as separaram e as guardaram em cestas, com o que havia restado de comida. Ma recebeu enormes elogios pelos pratos que preparara, pois não havia restado nem um pouco de torta de abóbora ou de feijão-branco. Ida lavou a assadeira e a panela, Laura as enxugou, e Ma guardou tudo em sua cesta.

Enquanto a senhora Bradley tocava o órgão, Pa e alguns outros homens cantavam. Quando Grace pegou no sono, era hora de ir para casa.

Pa carregou Grace, Ma carregou a lanterna para iluminar o caminho, e Laura e Carrie os seguiam, carregando a cesta com os pratos e a panela.

– Sei que está cansada, Caroline – Pa disse. – Mas a reunião da sua sociedade foi um grande sucesso.

– Estou muito cansada – ela confirmou, e a leve irritação em sua voz surpreendeu Laura. – E não foi uma reunião. Foi uma ceia à moda da Nova Inglaterra.

Pa não disse mais nada. O relógio batia onze horas quando ele destrancou a porta. As meninas tinham aula no dia seguinte, e naquela noite haveria um sarau onde um tema seria debatido: "Lincoln foi maior do que Washington?". Laura estava ansiosa, pois o senhor Barnes, o advogado, defenderia que sim, e sua argumentação provavelmente seria excelente.

– Vai ser bastante educacional – Laura comentou no dia seguinte com a mãe enquanto se arrumavam para sair.

Na verdade, Laura tentava convencer a si mesma, porque sabia que deveria ficar estudando no horário do sarau. Era a segunda noite de estudo que perdia naquela semana. Pelo menos teria alguns dias na época do Natal, quando não haveria aula, para compensar o tempo perdido.

Eles já haviam enviado uma caixa de Natal para Mary. Nela, a mãe havia colocado o xale de crochê que Laura fizera, tão branco quanto os flocos de neve que caíam do lado de fora da janela; Ma também colocara a gola de renda que ela havia feito com uma linha branca de seda; e seis lenços que Carrie havia feito com um tecido fino completavam o presente destinado a Mary. Três lenços tinham acabamento de renda feita à máquina nas bordas, e três tinham bainhas simples. Como Grace ainda não era capaz de fazer seu próprio presente de Natal, ela guardara suas moedas para comprar meio metro de fita azul, e Ma fizera um laço para Mary prender com alfinete à gola de renda branca. A família tinha escrito junta uma longa carta de Natal, e Pa colocara uma nota de cinco dólares no envelope.

– Assim ela vai poder comprar coisas pequenas de que possa estar precisando – ele disse.

O senhor Ingalls colocara dinheiro no presente da filha porque a professora de Mary havia escrito, elogiando-a muito. Sua carta também dizia que

Cidadezinha na campina

Mary poderia mandar para casa um exemplo de seu trabalho com contas se tivesse como comprá-las. Ela estava precisando de uma lousa para escrever e que talvez depois fosse bom ter outro tipo de lousa especial para escrever em braille.

– Mary vai saber que estamos todos pensando nela neste Natal – disse Ma.

Eles estavam muito felizes sabendo que a caixa estava a caminho. Ainda assim, sem Mary, não parecia Natal. Só Grace estava animada de verdade quando abriram os presentes durante o café da manhã. Ela ganhou uma pequena boneca com cabeça e mãos de porcelana e que calçava sapatinhos pretos de tecido costurados nos pezinhos. Pa colocara duas peças curvadas de madeira em uma caixa de charutos para fazer um berço para a boneca, e Laura, Carrie e Ma tinham feito lençóis, um travesseiro, uma colcha de retalhos diminutos e camisolinhas e touca de dormir para a boneca. Grace ficou muito feliz com tudo aquilo.

Juntas, Laura e Carrie haviam comprado um dedal de alpaca para a mãe e uma gravata de seda azul para o pai. No prato de Laura, estava o livro de poemas de Tennyson, azul e dourado. Os pais nem perceberam que a filha não ficara surpresa ao recebê-lo. Tinham comprado um livro em Iowa e o mantido escondido, assim como o de Carrie, *Histórias da charneca*.

Era tudo o que havia para o Natal. Depois de realizar as tarefas da manhã, Laura finalmente se sentou para ler "Os comedores de lótus". Até o poema foi uma decepção, porque os marinheiros se comportavam mal na terra onde o sol nunca parecia sumir. Eles pareciam pensar que tinham o direito de viver naquela terra mágica e ficar só reclamando. Se pensavam em se mexer, depois resmungavam: "Por que deveríamos enfrentar as ondas?". Ora, Laura pensava, indignada. Não era o trabalho do marinheiro enfrentar as ondas? Mas não, eles queriam que tudo fosse fácil como num sonho. Laura fechou o livro com força.

Sabia que devia haver lindos poemas naquele livro, mas sentia tanta falta de Mary que não tinha vontade de lê-los.

Pa voltou correndo do correio com uma carta. Eles não reconheceram a caligrafia, mas a carta tinha sido assinada por Mary! Ela explicava que havia colocado o papel em uma lousa de metal com linhas em relevo, sentido as linhas com o dedo e escrito nelas. A carta era o presente de Natal de Mary para toda a família.

Ela escrevia que gostava da faculdade e que os professores tinham dito que vinha se saindo bem nos estudos. Estava aprendendo a ler e a escrever em braille. Mary afirmava que gostaria de estar com eles no Natal e pedia que pensassem nela naquele dia, porque certamente estaria pensando em sua família.

Depois da leitura daquela carta, o dia passou silenciosamente na casa.

– Se Mary estivesse aqui, iria adorar o sarau! – Laura comentou, em certo momento.

Então, de repente, ela pensou em como tudo estava mudando muito rápido. Mary levaria seis anos para voltar para casa, e nada mais seria como antes.

Laura não estudou quase nada durante a folga de Natal. Janeiro passou tão rápido que ela mal encontrou tempo de respirar. O inverno foi brando, de modo que não perdeu nem um dia de aula. Toda sexta à noite tinham o sarau, e cada um era melhor do que o anterior.

A senhora Jarley iria apresentar suas figuras de cera. Todo mundo em um raio de quilômetros compareceu naquela noite. Havia cavalos, carroças e pôneis selados amarrados em todos os postes. Os morgans marrons esperaram sob cobertores bem afivelados por Almanzo Wilder, que ficara ao lado de Cap Garland na escola que estava lotada.

Uma cortina de lençóis brancos escondia a plataforma onde ficava a mesa do professor. Quando a cortina foi aberta, a surpresa do público foi audível. Ao longo da parede, de um lado da plataforma ao outro, havia uma fileira de figuras de cera em tamanho real.

Ou pareciam feitas de cera…

Os rostos eram brancos, com exceção das sobrancelhas pintadas de preto e dos lábios vermelhos. Envolta em tecido branco, cada figura se mantinha tão imóvel quanto uma imagem esculpida. Depois que o público as contemplou por um momento, a senhora Jarley saiu de trás de uma cortina preta. Ninguém sabia quem era. Ela usava um vestido preto e uma touca e segurava o ponteiro do professor na mão.

Em uma voz grave, ela disse:

– George Washington, eu ordeno que viva e se mova!

Com o ponteiro, a mulher tocou uma das figuras.

Ela se moveu! Em espasmos curtos e rígidos, um braço se levantou, levando consigo o tecido branco e permitindo que aparecesse uma das mãos que parecia de cera e segurava um machadinho. Então o braço fez movimentos de corte.

A senhora Jarley chamava cada figura pelo nome e tocava com o ponteiro, fazendo com que se mexesse. Daniel Boone ergueu e baixou uma espingarda; a rainha Elizabeth I tirou e recolocou uma coroa dourada; a mão rígida de *sir* Walter Raleigh tirou um cachimbo de seus lábios imóveis e depois o colocou de volta no lugar.

Uma a uma, as figuras se moviam. E continuavam se movendo, como se fossem mesmo de cera, tão sem vida que era difícil acreditar que estivessem vivas de fato.

Quando a cortina se fechou, aplausos animados se seguiram a uma respiração longa e profunda por parte do público. Todas as figuras de cera, agora vivas, foram saindo de trás da cortina conforme os aplausos iam ficando cada vez mais fortes. Quando a senhora Jarley tirou a toca, todos viram que era Gerald Fuller. Sem a coroa e a peruca, a rainha Elizabeth se revelou o senhor Bradley. Pareceu que as risadas não teriam fim.

– Não há como superar a noite de hoje – Ma disse, a caminho de casa.

– Não dá para saber – Pa disse, provocador, como se soubesse mais do que estava dizendo. – A cidade toda está participando agora.

No dia seguinte, Mary Power foi visitar Laura, e elas passaram a tarde toda falando do sarau. Quando Laura se sentou para estudar naquela noite, ficou bocejando sem parar.

– É melhor eu ir para a cama. Estou sonolen...

Ela soltou outro longo bocejo.

– Você perdeu duas noites de estudo nesta semana – comentou a mãe.

– E amanhã à noite vamos à igreja. Estamos vivendo em meio a tanto agito que... – ela foi interrompida quando alguém bateu à porta.

Bateram de novo, e Ma foi atender. Era Charley, que não quis entrar. Ma pegou o envelope que ele lhe ofereceu e fechou a porta.

– É para você, Laura – ela disse.

Carrie e Grace arregalaram os olhos. Pa e Ma ficaram a distância enquanto Laura lia o envelope: *Senhorita Laura Ingalls, De Smet, Território de Dakota.*

– Ora, mas o que será? – ela comentou.

Laura abriu o envelope com cuidado, usando um grampo, e tirou dele uma folha dobrada com bordas douradas. Desdobrou-a e leu em voz alta:

> *Ben M. Woodworth*
> *solicita o prazer*
> *de sua companhia na casa dele.*
> *Sábado à noite,*
> *28 de janeiro.*
> *Jantar às oito.*

Laura se sentou com o corpo sem energia, exatamente como a mãe às vezes fazia. Ela pegou o convite da mãos da filha e releu.

– É uma festa – disse. – Uma festa com jantar.

– Ah, Laura! Você foi convidada para uma festa! – Carrie exclamou. – Como é uma festa?

– Não sei – Laura respondeu à irmã. – Ah, Ma, o que vou fazer? Nunca fui a uma festa dessas. Como vou me comportar?

– Você sabe se comportar onde quer que esteja, Laura – a mãe garantiu. – Apenas precisa se comportar de maneira apropriada, o que já sabe como fazer.

Aquilo podia ser verdade, mas não trazia nenhum conforto a Laura.

A festa de aniversário

Laura passou a semana toda pensando na tal festa. Queria e não queria ir. Uma vez, muito tempo antes, quando ainda era pequena, havia ido à festa de Nellie Oleson só para meninas. Mas a festa que Ben promovia seria muito diferente.

Na escola, Ida e Mary Power estavam animadas. Arthur havia dito a Minnie que seria uma festa para comemorar o aniversário de Ben. Por educação, elas não comentaram nada durante o recreio, porque Nellie, que não havia sido convidada, ficou com elas. Não teria como ir, porque morava no campo.

No dia da festa, às sete horas da noite, Laura já estava vestida e pronta para sair. Ainda faltava meia hora para que Mary Power fosse buscá-la para irem juntas à estação.

Laura, para se acalmar, tentou reler seus poemas preferidos de Tennyson.

Venha para o jardim, Maud.
O morcego preto, à noite, partiu.
Venha para o jardim, Maud.
Estou aqui no portão, não viu?

Cidadezinha na campina

A madressilva seu aroma exalou.
E o almíscar da rosa soprou.

Ela não conseguia ficar parada. Deu mais uma olhada no espelho pendurado na parede. Desejou tanto ser alta e magra que quase achou que veria o reflexo de uma jovem alta e magra. Mas, no espelho, viu uma garota baixa e rechonchuda vestindo seu traje de domingo de caxemira azul.

Pelo menos era o vestido de uma moça, comprido o bastante para esconder a parte de cima dos sapatos de botão. A saia rodada não podia ser mais franzida. Sobre ela, vinha um corpete justo, com botõezinhos verdes na frente. Uma faixa xadrez azul, verde e dourada dava a volta na saia pouco acima da barra, e tiras estreitas do mesmo tecido contornavam os punhos do corpete e das mangas compridas e justas. A gola alta também era xadrez, com renda branca por dentro. Ma havia emprestado a Laura seu broche de concha de pérola para prender a gola sob o queixo.

Laura não encontrava nenhuma falha no vestido. Mas, ah!, como ela gostaria de ser alta e magra como Nellie Oleson. Sua cintura era larga como um tronco de árvore, seus braços eram finos, mas redondos, suas mãos eram muito pequenas e rechonchudas e pareciam aptas ao trabalho doméstico. Não eram finas e lânguidas como as de Nellie.

Até mesmo o rosto no espelho era todo curvas. O queixo era uma curva suave, o lábio superior vermelho era curto e curvo. O nariz era quase adequado, mas uma leve inclinação o impedia de parecer grego. Laura notou que seus olhos eram muito separados, de um azul mais claro que os de seu pai. Estavam arregalados e pareciam ansiosos. Não brilhavam nem um pouco.

Na parte superior da testa, ela viu a franja enrolada. Pelo menos seu cabelo era cheio e comprido. Estava puxado para trás, desde a franja até a trança enrolada na nuca. O peso do penteado fazia Laura se sentir adulta. Ela virou a cabeça devagar para ver como a luz da lamparina fazia brilhar os fios lisos e castanhos. Então percebeu que estava se comportando como alguém vaidoso.

Laura foi até a janela. Mary Power ainda não havia saído. Laura estava com tanto medo da festa que sentia que nem conseguiria ir.

– Sente-se e aguarde quieta, Laura – Ma a repreendeu, mas com gentileza.

Não tardou para que Laura visse Mary Power na rua e corresse para colocar o casaco e o gorro.

As duas mal disseram uma palavra enquanto andavam juntas até o fim da rua principal e depois seguiam os trilhos até a estação, onde os Woodworth moravam. As janelas de cima estavam bem iluminadas, e havia uma lamparina acesa na sala do andar de baixo onde ficava o telégrafo. Jim, irmão mais velho de Ben, ainda trabalhava. Era ele quem operava o aparelho. A tagarelice do telégrafo soava aguda na noite gelada.

– Acho que devemos ir direto para a sala de espera – Mary Power disse. – Batemos ou simplesmente entramos?

– Não sei – Laura confessou.

Estranhamente, ela se sentiu um pouco melhor diante da hesitação de Mary. Ainda tinha um nó na garganta, e suas mãos tremiam um pouco. A sala de espera era um espaço público, mas a porta estava fechada, e tratava-se de uma festa.

Mary hesitou, depois bateu. Não muito forte, mas o bastante para que ambas se assustassem.

Ninguém atendeu. Laura criou coragem e disse:

– Vamos entrar!

Assim que falou, ela levou a mão à maçaneta no mesmo instante em que Ben Woodworth abria a porta.

Laura ficou tão assustada que nem conseguiu responder quando ele disse:

– Boa noite, minhas jovens.

Ben estava usando sua roupa de domingo, com uma camisa branca de colarinho duro. Seu cabelo estava úmido e bem penteado.

– Mamãe está lá em cima – ele acrescentou.

As duas o seguiram ao longo da sala de espera e escada acima, onde a mãe dele esperava em um elegante saguão. Ela era tão pequena quanto Laura e mais rechonchuda, a personificação da delicadeza, com um vestido de tecido fino, acinzentado, com babado branco no pescoço e nos punhos. Foi tão simpática com Laura que ela se sentiu confortável no mesmo instante.

As duas amigas foram convidadas a deixarem seus casacos no quarto, que era tão delicado quanto a senhora Woodworth. Laura e Mary hesitaram em deixar os casacos sobre a cama arrumada, recoberta com uma manta branca de tricô e fronhas com babados. No aposento havia cortinas finas de musselina branca nas janelas e, sobre uma mesinha, uma lamparina e uma toalhinha de crochê embaixo. Também havia uma toalhinha de crochê combinando sobre uma cômoda e renda branca pendurada no topo da moldura do espelho.

Mary Power e Laura se olharam no espelho e afofaram cada uma sua franja, que havia sido amassada pelo gorro. Então, muito simpática, a senhora Woodworth disse:

– Se terminaram de se arrumar, venham para a sala de visitas.

A sala de visitas estava agradavelmente iluminada por um abajur e aquecida por um belo fogareiro. Cortinas bordô cobriam as janelas. As cadeiras não tinham sido afastadas para as paredes: estavam reunidas em volta do fogareiro, onde o carvão brilhava dentro da porta transparente do forno. Além do álbum de fotografias sobre a mesa de centro com tampo de mármore, havia uma série de livros na estante baixa. Laura quis ver seus títulos, mas achou que aquilo poderia ser uma falta de educação para a senhora Woodworth.

Depois de algum tempo, a mãe de Ben pediu licença e foi para a cozinha. Uma quietude caiu sobre a sala. Laura sentiu que deveria dizer alguma coisa, mas não conseguiu pensar em nada. Seus pés pareciam grandes demais, e ela não sabia o que fazer com as mãos.

Do outro lado da porta, ela viu uma mesa comprida coberta com uma toalha branca. Os pratos e os talheres posicionados cintilavam à luz de um lustre suspenso do teto por correntes douradas. Havia pendentes de vidro por toda a volta da manga branca como leite no lustre.

Era tudo muito bonito, mas Laura não conseguia parar de pensar em seus pés. Ela tentou escondê-los sob a saia. Olhou para as outras garotas que estavam ali e soube que deveria dizer alguma coisa, já que ninguém dizia nada. Romper o silêncio, no entanto, era o máximo que podia fazer naquele momento. Laura sentiu um aperto no coração ao pensar que, no fim das contas, uma festa era um evento tão desconfortável quanto uma reunião.

Então ouviram-se passos subindo a escada, e logo Jim entrou na sala. Ele olhou em volta e perguntou, muito sério:

– Estão brincando de quacres?

Todos riram. Depois desse comentário, conversas foram entabuladas, ainda que o tempo todo ouvissem o barulho da louça no outro cômodo e vissem a senhora Woodworth indo de um lado para o outro da mesa. Jim se sentia tão à vontade que perguntou:

– O jantar está pronto, mamãe?

– Está, sim – a senhora Woodworth disse da porta da outra sala. – Venham todos para a sala de jantar!

Aparentemente, a família usava aquele cômodo só para comer.

A mesa estava posta para oito pessoas. Em cima de cada prato raso, havia um prato fundo que seria preenchido com sopa de ostras, que Laura descobriu depois. Ben sentou-se em uma das cabeceiras da mesa, e Jim, na outra. A senhora Woodworth disse onde cada um dos convidados deveria sentar-se e avisou que todos seriam servidos.

Agora os pés de Laura estavam embaixo da mesa, e suas mãos tinham o que fazer. Tudo parecia tão alegre e esplendoroso que ela não se sentia mais embaraçada.

Bem no meio da mesa, havia um galheteiro de prata com garrafas de vidro lapidado de vinagre, mostarda e molho de pimenta, além de saleiro e pimenteiro. Os pratos eram de porcelana branca com uma coroa de florzinhas multicoloridas na beirada. Ao lado de cada prato, havia um guardanapo branco, dobrado de maneira que o deixava entreaberto como uma flor.

O mais maravilhoso de tudo era que, na frente de cada prato, havia uma laranja. E não apenas isso: as laranjas também pareciam flores. A casca havia sido cortada a partir de cima em pequenas seções, cada uma voltada para dentro e para baixo, como pétalas. Entre as pétalas, a polpa da laranja se revelava.

A sopa de ostras servida por si só já valeria a festa, mas a anfitriã, a senhora Woodworth, a serviu acompanhada de deliciosos biscoitos de ricota. Quando a última gota daquela delícia tinha sido tomada, a anfitriã recolheu os pratos fundos e colocou na mesa uma travessa com bolinhos de batata. Os bolinhos eram achatados e crocantes por fora. Em seguida, foram servidos uma travessa de bolinhos de bacalhau, quentes e cremosos, e um prato de biscoitos recém-saídos do forno. A manteiga foi colocada na mesa em uma manteigueira redonda de vidro.

A senhora Woodworth incentivou todo mundo a repetir alguns pratos, não apenas uma, mas duas vezes, distribuindo porções generosas. Em seguida, ofereceu café, creme de leite e açúcar aos convivas.

Então ela voltou a tirar a mesa e foi buscar o bolo de aniversário, que estava recoberto de creme. Colocou-o diante de Ben, com uma pilha de pratinhos ao lado. O aniversariante se levantou para cortar o bolo, colocando um pedaço em cada prato, que a senhora Woodworth distribuiu entre os convidados. Todos aguardaram até que Ben servisse um pedaço a si próprio.

Laura tentava entender a laranja à sua frente. Se devia comê-la, não sabia quando ou como fazê-lo. Tinha ficado tão bonita que seria uma pena estragar. Ainda assim, havia comido um pedaço de laranja uma vez e sabia a delícia que era.

Todos comeram seu pedaço de bolo, mas ninguém tocou na laranja. Laura achou que talvez fosse para levar para casa. Se fosse isso, talvez pudesse dividir a sua com os pais e as irmãs.

Então todos viram Ben pegar sua laranja e segurá-la com cuidado sobre o prato, retirar a casca e dividi-la em gomos. Comeu alguns e depois um pouco de bolo.

Laura pegou sua própria laranja, assim como os outros. Com cuidado, todos as descascaram, dividiram em gomos e a comeram com o bolo.

As cascas ficaram nos pratos até que o jantar chegasse ao fim. Laura se lembrou de limpar a boca no guardanapo e dobrá-lo, assim como todas as outras meninas.

– Agora vamos lá para baixo nos divertir com jogos – disse Ben.

Enquanto todos se levantavam da mesa, Laura disse a Mary Power, com voz bem baixa:

– Não deveríamos ajudar com a louça?

Ida foi mais direta:

– Senhora Woodworth, não quer ajuda para lavar a louça primeiro?

A mãe de Ben agradeceu a oferta:

– Podem ir se divertir também, meninas! Não precisam se preocupar com a louça!

A sala onde o grupo de convidados se reuniu estava toda iluminada, e as chamas de uma lareira garantia seu aquecimento. Havia bastante espaço para brincadeiras animadas. Primeiro eles brincaram de corre cotia, depois de cabra-cega. Quando, enfim, todos se sentaram ofegantes nos sofás e poltronas para descansar, Jim propôs uma novidade:

– Conheço uma brincadeira que vocês nunca fizeram!

Todos quiseram saber na mesma hora do que se tratava.

– Bem, acho que ainda não tem nome, de tão nova que é – Jim falou. – Mas venham até o escritório que eu mostro como se brinca.

No pequeno escritório, mal havia espaço para ficarem todos de pé em meio círculo, como Jim mandou que fizessem, com ele numa ponta e Ben na outra, próximos a uma mesa de trabalho. E pediu que todos se dessem as mãos.

– Agora fiquem parados – ele falou.

Os jovens ficaram se perguntando o que viria a seguir.

De repente, Laura sentiu um formigamento percorrer seu corpo. As mãos dadas estremeceram; as meninas gritaram; os meninos, também. Laura ficou muito assustada. Não fez nenhum barulho e não se mexeu.

Os outros começaram a perguntar, ansiosos:
– O que foi isso?
– O que você fez, Jim?
– Jim, como você fez isso?
Cap Garland disse:
– Sei que foi eletricidade, Jim, mas como você conseguiu?
Jim riu e perguntou:
– Você não sentiu nada, Laura?
– Ah, sim! Senti – ela respondeu.
– Então por que não gritou? – ele quis saber.
– E de que serviria gritar? – Laura respondeu. – E como fez isso?
– Ninguém sabe – foi a resposta de Jim.

Pa havia dito que ninguém sabia o que era a eletricidade. Dissera, também, Benjamin Franklin havia descoberto que ela podia ser encontrada nos raios, mas ninguém sabia bem o que eram os raios. Eletricidade fazia o telégrafo funcionar, mas ninguém a entendia direito.

Ficaram todos se sentindo estranhos, olhando para a máquina de metal sobre a mesa, que podia mandar mensagens tão rápido, para tão longe. Jim apertou um botão.

– Receberam isso em St. Paul – ele disse.
– Agora mesmo? – Minnie perguntou.
– Neste instante – Jim garantiu.

Estavam todos em silêncio quando Pa abriu a porta e entrou.
– A festa já acabou? – ele perguntou. – Vim buscar minha filha para acompanhá-la para casa.

O relógio marcava dez horas. Não sabiam que já era assim tarde.

Enquanto os garotos vestiam os casacos e chapéus pendurados na sala de espera, as meninas subiram para agradecer a bonita festa que a senhora Woodworth preparara e se despedir dela. Elas abotoaram os casacos no quarto, vestiram as toucas e disseram o quanto tinham se divertido. Agora que a temida festa havia terminado, Laura gostaria que tivesse durado mais.

O reverendo Brown chegou para buscar Ida. Laura e Mary Power foram embora com Pa.

Ma estava esperando quando pai e filha entraram em casa

– Só pelo brilho nos seus olhos estou vendo que se divertiu bastante. – Ma sorriu para Laura. – Agora vá para a cama sem fazer barulho, pois Carrie e Grace já estão dormindo. Amanhã pode nos contar todas as novidades sobre a festa de Ben.

– Ah, Ma, tinha uma laranja inteira para cada um de nós! – Laura teve que dizer, mas guardou o restante das novidades para quando estivessem todos juntos.

Dias de diversão

Depois daquela festa, Laura parecia não se preocupar tanto com os estudos. Ela havia dado início a uma amizade tão animada com as meninas e os meninos mais velhos que agora, quando chovia no horário do recreio ou do almoço, eles ficavam reunidos em volta do fogareiro, conversando e brincando.

O bom tempo tornava os dias mais felizes para Laura e seus amigos, apesar da toda a neve que recobria o solo. Iam todos para fora da escola e brincavam de atirar bolas de neve uns nos outros. Não era algo apropriado para uma garota fazer, mas era muito divertido! O grupo voltava ofegante e rindo, batendo os pés para tirar a neve dos sapatos e sacudindo casacos e chapéus no vestíbulo. Depois iam para suas carteiras aquecidos e renovados pelo ar fresco.

Laura andava se divertindo tanto que já não dava mais o seu máximo na escola. Continuava sendo a primeira da turma, mas suas notas não atingiam mais o cem. Cometia erros em aritmética e às vezes até em história. Sua nota de aritmética chegou a noventa e três. Ela achava que poderia recuperar o tempo perdido estudando com afinco no verão seguinte, embora soubesse que eram verdadeiras as palavras que sabia de cor:

Perdeu-se entre o nascer e o pôr do sol
Uma hora de ouro, cravejada de sessenta minutos de diamantes,
Nenhuma recompensa é oferecida, pois sabe-se que se foi para sempre.

Os garotos mais novos levavam para a escola os trenós que haviam ganhado de Natal. Às vezes, os mais velhos os pegavam emprestados e levavam as garotas para passear. Eles precisavam empurrar os trenós, porque não havia nenhuma grande colina para deslizar, e naquele inverno as nevascas não chegavam a formar montes de neve.

Cap e Ben decidiram construir um trenó grande o bastante para que as quatro amigas coubessem nele. Os quatro rapazes o puxavam. No recreio, eles corriam em alta velocidade na direção da pradaria e voltavam. Na hora do almoço, tinham tempo para ir ainda mais longe.

Nellie Oleson não suportou mais ficar sozinha à janela, assistindo àquilo. Sempre havia dito que brincar ao ar livre e no frio poderia estragar sua pele e suas mãos delicadas, mas um dia decidiu que iria com as outras garotas.

O trenó não era grande o bastante para cinco garotas, mas os meninos não queriam deixar nenhuma delas para trás. Eles persuadiram todas a subir no trenó. Seus pés sobravam dos lados, as saias tinham de ser recolhidas, de modo que a parte de cima dos sapatos aparecia. Assim, eles partiram pela estrada coberta de neve.

Estavam todos desgrenhados, com o rosto vermelho do frio e do vento, rindo animados, enquanto os meninos corriam em círculos pela pradaria e depois voltavam para a cidade, puxando o trenó. Quando eles passaram diante da escola, Cap gritou:

– Vamos subir e descer a rua principal!

Com risos e gritos, os outros garotos concordaram e passaram a correr mais rápido.

Nellie gritou:

– Parem agora mesmo! Parem! Parem, estou mandando!

– Não, meninos, vocês não podem fazer isso – Ida gritou, sem conseguir parar de rir.

Laura também ria, porque elas eram uma visão engraçada, com os pés chutando impotentes, as saias esvoaçando, os chapéus, cachecóis e cabelos chicoteando ao vento. Os gritos de Nellie só faziam os garotos se divertirem mais. Laura achava que eles não iriam de fato à rua principal e que a qualquer momento dariam a meia-volta e retornariam na direção da escola.

– Não! Não! *Arthur*, não! – Minnie gritou.

– Não! Por favor, não! – Mary Power implorou.

Laura viu os morgans marrons. Eles estavam cobertos e amarrados a um poste. Almanzo Wilder, com um belo casaco de pele, os soltava naquele momento. A algazarra do trenó o fez virar-se para ver o que fazia as garotas gritarem tanto. Foi então que Laura percebeu que o grupo ia passar por ele e por todos os olhos da rua principal. Aquilo não seria nada engraçado.

Suas amigas gritavam tão alto que Laura teve de gritar mais alto ainda para ser ouvida.

– Cap! – ela berrou. – Por favor, faça os outros pararem. Mary não quer passar pela rua principal.

Cap imediatamente atendeu o pedido da amiga e tratou de virar o trenó naquele mesmo instante. E ele disse aos seus companheiros, puxando o trenó:

– Vamos, vamos. Vamos voltar!

Eles chegaram à escola quando o sino começou a tocar. À porta, as meninas desceram do trenó de bom humor, com exceção de Nellie. Ela estava furiosa.

– Vocês acham que são muito espertos! – a garota vociferou. – Seus... seus... *caipiras ignorantes!*

Os meninos ficaram só olhando para ela, sérios, em silêncio. Não podiam responder com ofensas, porque Nellie era garota. Cap olhou para Mary Power, ansioso, e recebeu um sorriso dela.

– Muito obrigada pelo passeio, meninos – Laura disse.

– Sim, muito obrigada. Foi divertido! – Ida agradeceu.

– Obrigada – Mary Power disse apenas, continuando a sorrir para Cap. E um sorriso iluminou todo o rosto dele.

– Vamos repetir isso tudo na hora do recreio – Cap prometeu, enquanto entravam na escola.

Em março, a neve começava a derreter nas ruas e pradarias. As provas finais se aproximavam, mas, mesmo assim, Laura não estudava tanto quanto deveria. Agora, só se falava do último sarau do inverno. Todos tentavam adivinhar o que haveria, mas isso era segredo. Até a família de Nellie ia participar, e ela usaria um vestido novo.

Em casa, em vez de aplicar-se aos estudos, Laura tinhas seus pensamentos voltados para o próximo sarau: com que vestido iria, que sapatos usaria e se Ma iria comprar um corte de tecido de veludo marrom que ela havia visto na loja de tecidos. Laura não queria mais usar touca para ir àquelas reuniões.

– Sei que vai ser muito cuidadosa com o chapéu que irá fazer – Ma finalmente revelou que havia comprado o veludo.

No sábado, Mary Power e Laura fizeram cada uma o seu chapéu. O de Mary era de tecido azul-escuro, com detalhes em veludo preto e azul – todos tirados do saco de retalhos do pai. O de Laura era de um veludo marrom com um brilho dourado e macio ao toque. A escola não tinha sido previamente preparada para o sarau daquela noite: só haviam tirado a mesa do professor de sua plataforma. Três pessoas tinham que dividir uma única cadeira, e cada centímetro do espaço estava ocupado. Até mesmo na mesa do professor havia meninos amontoados. O senhor Bradley e o advogado Barnes procuravam manter livre o corredor central. Ninguém sabia o motivo, e ninguém sabia o que estava acontecendo quando as pessoas que ainda tentavam entrar começaram a gritar lá fora.

Então, pelo corredor central, vieram marchando cinco homens usando uniformes pretos esfarrapados e com o rosto pintado de preto. Tinham círculos brancos em volta dos olhos e bocas grandes e vermelhas. Eles seguiram até a plataforma, formaram uma fileira de frente para o público e repentinamente avançaram, cantando:

> *Ah, já ouviram falar da guarda de Mulligan?*
> *Esses negrinhos não podem ser vencidos!*

Eles marchavam para trás, para a frente, para trás e para a frente, para trás e para a frente, para trás e para a frente.

> *Ah, já ouviram falar da guarda de Mulligan?*
> *Não podem ser vencidos esses negrinhos!*
> *Marchamos em sincronia e como dançamos!*
> *Vejam só os pés desses negrinhos!*

O homem que estava no meio do grupo sapateava. Os outros quatro estavam de costas para a parede. Um tocava berimbau de boca, outro tocava gaita, outro marcava o tempo com batidas de ossos, e o quarto batia as mãos e os pés no chão.

Os aplausos começaram e não pararam mais. A multidão toda foi levada pela música. Os homens de rosto pintado sorriam e continuaram a dançar.

Quando a dança parou, as piadas começaram. Os olhos pintados de branco em volta se reviraram, as grandes bocas vermelhas trocavam perguntas e respostas das mais engraçadas já ouvidas. Então a música voltou, e uma dança ainda mais animada teve início.

De repente, os cinco negrinhos dirigiram-se para a porta da sala e desapareceram no corredor da escola. Os espectadores estavam exaustos de tanto riso e animação, quase sem perceber que a noite já havia passado. Os famosos espetáculos de menestréis de Nova York não podiam ser melhores do que aquele ali apresentado. Então uma pergunta se espalhou pela multidão:

– Quem eram eles?

Com as roupas esfarrapadas e os rostos pintados, ficava difícil identificá-los. Laura tinha certeza de que o homem que sapateara era Gerald Fuller, porque uma vez o tinha visto dançar na calçada em frente à loja dele. Ela pensou nas mãos pretas que seguraram os ossos brancos e os bateram no ritmo das músicas. Poderia jurar que aquele negrinho era Pa, só que ele não usava bigode como seu pai.

– Pa não raspou o bigode, não é? – ela perguntou a Ma.

– Ora, não! – a mãe respondeu, horrorizada. E acrescentou: – Espero que não.

– Ele devia ser um dos negrinhos – Carrie disse –, porque não veio conosco.

– Sim, sei que ele ensaiou para participar – falou Ma, andando mais rápido.

– Bem, nenhum deles tinha bigode, Ma – Carrie a lembrou.

– Minha nossa – a mãe disse. – Minha nossa. – Ela tinha se envolvido tanto com a apresentação que não havia pensado naquilo. – Ele não teria feito isso. Acha que teria? – ela perguntou a Laura.

– Não sei – a menina respondeu.

Laura achava que Pa poderia ter sacrificado o bigode por uma noite como aquela, mas não sabia se o havia feito ou não.

Elas correram para casa, e Pa não estava lá. Pareceu demorar muito mais tempo do que de fato demorou até que ele entrasse e perguntasse, animado:

– E então, o que acharam do espetáculo de menestréis?

Seu bigode castanho continuava ali, como sempre.

– *O que você fez com seu bigode?* – Laura gritou.

Pa se fez de surpreso e intrigado.

– Ora, qual é o problema com o meu bigode?

– Charles, você vai ser a minha ruína – Ma disse, sem conseguir evitar um riso.

Olhando de perto, Laura viu uma leve mancha branca nas rugas nos cantos dos olhos do pai e um pouquinho de graxa no bigode.

— Eu sei! Você passou graxa por cima e escondeu atrás da gola alta do casaco! — ela o acusou, e Pa não pôde negar. Era mesmo ele o negrinho marcando o tempo com os ossos.

Só se tinha uma noite daquelas na vida, disse Ma, e todos ficaram acordados conversando a respeito até bem tarde da noite. Não haveria mais nenhum sarau igual naquele inverno, pois logo a primavera chegaria.

— Vamos voltar para o campo assim que as aulas terminarem — Pa disse. — O que acham disso?

— Preciso cuidar da minha horta — Ma comentou, pensativa.

— Vou ficar feliz em voltar, assim Grace e eu poderemos colher violetas — Carrie falou. — Você vai gostar disso, não vai, Grace?

Grace já estava quase dormindo no colo de Ma, que se balançava na cadeira. Ela abriu um único olho e murmurou:

— Violetas...

— E quanto a você, Laura? — Pa perguntou. — Fiquei pensando que talvez você prefira ficar na cidade.

— Talvez — Laura admitiu. — Gosto mais de viver aqui do que pensei que gostaria. Mas todo mundo vai voltar para suas propriedades no verão. E no próximo inverno moraremos aqui de novo, não é, Pa?

— Sim, acho que sim — Pa respondeu. — Podemos fazer isso, enquanto eu não alugar este lugar. Aqui é mais seguro durante o ano letivo. Apesar de que neste ano poderíamos muito bem ter ficado na propriedade. Mas a vida é assim. Quando nos preparamos para um inverno duro, temos uma única nevasca.

A maneira como Pa disse aquilo fez todos irromperem em risos.

Depois daquele dia, eles começaram a pensar na mudança, e, com a temperatura esquentando e cheirando a terra úmida, Laura tinha cada vez menos vontade de estudar. Ela sabia que passaria nas provas, mesmo que não tirasse notas tão altas quanto deveria.

Quando sua consciência pesava, ela se determinava a não ver Ida, Mary Power, Minnie e os garotos até o verão e prometia a si mesma que estudaria com afinco.

Ela não tirou nenhuma nota máxima nas provas. Ficou com noventa e nove em história e noventa e dois em aritmética. Foi o que ficou registrado em seu histórico escolar, e não havia como mudar aquilo.

De repente, Laura percebeu que era o fim do comodismo. Em dez meses, ela completaria dezesseis anos. A primavera se aproximava com seu céu azul e nuvens brancas fazendo com que as primeiras violetas começassem a florescer, e ela deveria ficar em casa, com seus afazeres domésticos e se dedicando aos estudos. Ela *tinha* de estudar com afinco, pois, se não o fizesse, talvez não conseguisse obter seu certificado de professora na próxima primavera, e Mary teria de deixar a faculdade.

Visita inesperada em abril

Estava tudo arrumado na casa de campo. Já não havia mais neve lá fora, uma cerração verde de gramíneas recobria a pradaria, e a terra arada se estendia escura, exalando um aroma doce sob o sol quente.

Laura havia estudado por duas horas naquela manhã. Agora, enquanto tirava a louça do almoço, ela via a lousa e os livros à sua espera e sentia a brisa suave chamando-a para fazer uma caminhada com Carrie e Grace, aproveitando o clima primaveril. Mas Laura sabia que precisava estudar.

– Acho que vou até a cidade hoje à tarde – Pa disse, colocando o chapéu. – Quer que eu traga alguma coisa, Caroline?

De repente, uma brisa gelada adentrou a casa. Laura olhou depressa para a janela e exclamou:.

– Pa! Uma nevasca!

– Ora, não pode ser! Com abril assim avançado?

O pai se virou em direção à janela para ver com seus próprios olhos.

A luz do sol foi bloqueada, e o barulho do vento mudou conforme foi ficando mais forte. A tempestade atingiu a casa. O branco rodopiante pressionava as janelas, e o frio começou a entrar.

– Pensando bem, acho que é melhor ficar em casa nesta tarde – Pa disse, puxando uma cadeira para perto do fogareiro e sentando-se nela. – Fico feliz que os animais estejam no estábulo. Eu ia à cidade comprar corda para eles.

Kitty ficou enlouquecida com a experiência de ver sua primeira nevasca. Ela não soube o que fazer quando todo os seus pelos se eriçaram. Quando foi tentar acalmá-la, Grace descobriu que a gata ficava arisca sempre que alguém a tocava. Não podiam fazer nada a respeito, apenas a deixar quieta num canto.

A nevasca durou três dias e três noites. Pa colocou as galinhas no estábulo, para que não congelassem. Fazia tanto frio que eles passaram os dias lúgubres quase grudados no fogareiro. Embora houvesse pouca luz, Laura se empenhava em estudar aritmética. *Pelo menos agora não tenho vontade de sair para uma caminhada*, ela pensou.

No terceiro dia, a nevasca deixou a pradaria coberta por uma camada de neve fina. Ainda estava tudo congelado quando Pa foi à cidade no dia seguinte. Ele voltou com notícias de que dois homens haviam se perdido durante a intempérie.

Eles haviam chegado do leste de trem, naquela manhã quente de primavera, e seguido para visitar amigos em uma propriedade ao sul da cidade. Pouco antes do meio-dia, haviam saído a pé para visitar outra propriedade a cinco quilômetros de distância quando foram surpreendidos pela nevasca.

Toda a vizinhança havia saído à procura dos dois quando o mau tempo findou, e os encontraram mortos ao lado de um fardo de feno.

– Como eram homens da cidade, não sabiam o que fazer – disse Pa. – Se tivessem se enfiado no meio do feno, poderiam ter sobrevivido.

– Mas quem esperava uma nevasca tão intensa assim no começo da primavera? – comentou Ma.

– Ninguém nunca sabe o que vai acontecer – Pa disse. – É bom se preparar para o pior e torcer pelo melhor. Não se pode fazer mais do que isso.

Laura discordou.

– O senhor se preparou para o pior no último inverno, Pa, e todo o trabalho foi desperdiçado. Não houve nenhuma nevasca até voltarmos para cá, e não estamos preparados para ela.

Pa quase concordou com ela:

– Parece mesmo que somos vítimas de nevascas, de uma maneira ou de outra.

– Não sei como alguém poderia estar preparado para tudo – insistiu Laura. – Em geral esperamos uma coisa, e outra acaba acontecendo.

– Laura! – a mãe a repreendeu.

– Mas é verdade, Ma! – Laura teimou.

– Não! – Ma insistiu. – O clima é mais sensato do que você parece pensar. Nevascas ocorrem apenas onde há nevascas. Você pode se preparar para ser professora e ainda assim não ser, e, se não estiver preparada, certamente nunca o será.

Era verdade. Depois, Laura recordou que Ma havia sido professora. Naquela noite, quando deixou de lado os livros para ajudar a mãe a preparar o jantar, ela perguntou:

– Quantos anos a senhora deu aulas, Ma?

– Dois.

– E o que aconteceu?

– Conheci Pa – ela respondeu.

– Ah.

Laura torcia para conhecer alguém também. Talvez não tivesse de trabalhar como professora para sempre, no fim das contas.

A escola recomeça

Laura ficou com a impressão de não ter feito nada além de estudar durante todo aquele verão. O que não era verdade, claro. Ela ia buscar água no poço todas as manhãs, depois ordenhava a vaca, mudava os animais de lugar no pasto e ensinava a bezerra a beber. Também trabalhava na horta e em casa e, na época da ceifa, pisoteara os grandes montes de feno que Pa levaria à cidade. Mas as horas longas e quentes com os livros e a lousa pareciam ofuscar todo o resto. Ela não fora à cidade nem às comemorações do Quatro de Julho. Carrie foi com Pa e Ma, enquanto Laura ficava em casa para cuidar de Grace e estudar a Constituição.

Mary às vezes mandava cartas, e toda semana eles escreviam uma bem longa para ela. Grace tinha aprendido a escrever cartas curtas com Ma, as quais eles mandavam junto com as outras para a filha que estava distante.

As galinhas começaram a botar ovos, e Ma separava os melhores para serem chocados. Vinte e quatro pintinhos nasceram. Ma usava os ovos menores na cozinha. Num almoço de domingo, eles comeram frango frito com as primeiras ervilhas e batatas da estação. Ma deixou os outros frangos crescerem. Poderiam comê-los maiores depois.

Os roedores voltaram aos campos de milho, e Kitty engordou à base deles. Pegava mais do que conseguia comer, e a qualquer hora do dia podia ser ouvida miando com orgulho ao trazer um roedor que havia acabado de matar e deixar aos pés de Ma, Laura, Carrie ou Grace. A gata queria compartilhar a boa comida, e seu olhar intrigado deixava claro que não compreendia por que o resto da família não comia roedores.

Os melros voltaram também. Embora já não fossem tantos e Kitty pegasse alguns, ainda causavam danos.

O tempo ameno do outono chegou, e Laura e Carrie, já morando na cidade, começaram sua caminhada diária para a escola.

Havia mais pessoas circulando pelas ruas e em toda a região. A escola estava tão lotada que todas as carteiras eram ocupadas, e os alunos menores às vezes tinham de se sentar em três.

Havia um novo professor, o jovem Owen, filho do senhor Owen, cujos cavalos baios quase haviam ganhado a corrida do Quatro de Julho. Laura gostava dele e o respeitava. Não era muito velho, mas era sério, engenhoso e empreendedor.

Desde o primeiro dia, comandou com firmeza. Todos os alunos obedeciam a ele e o respeitavam, e as lições eram bem aprendidas. No terceiro dia de aula, o professor Owen bateu em Willie Oleson.

Por algum tempo, Laura não soube ao certo o que tinha achado daquele castigo. Willie era um menino capaz, mas nunca aprendia as lições. Quando convocado a recitar, sua boca se abria, e toda a sagacidade deixava seus olhos. Ele parecia aéreo, e todos se incomodavam ao vê-lo daquele jeito.

Willie começara a fazer aquilo para provocar a senhorita Wilder. Ele dava a impressão de ser capaz de botar o cérebro para funcionar e compreender qualquer coisa que ela lhe dissesse. No recreio, Willie repetia aquilo, para divertir os outros meninos. O professor que substituiu a senhorita Wilder, o senhor Clewett, achava que Willie era um imbecil e não exigia nada dele. O menino havia se acostumado com aquilo, e agora podia ser visto com frequência com a boca aberta e os olhos vazios. Laura achava mesmo que a mente de Willie o abandonava naqueles momentos.

A primeira vez que Willie fez aquilo para o senhor Owen foi quando ele perguntou o nome dele para colocar no registro escolar. O senhor Owen estranhou, e Nellie disse:

– Ele é meu irmão, Willie Oleson, e não consegue responder a perguntas. Fica confuso.

Várias vezes, naquele mesmo dia e no seguinte, Laura viu o mestre olhar sério para Willie, que estava sempre babando e olhando para o vazio. Quando Willie foi chamado para recitar, Laura não conseguiu aguentar aquela sua cara de bobalhão. No terceiro dia, o senhor Owen disse, baixo:

– Venha comigo, Willie.

O professor segurava o ponteiro em uma das mãos. Com a outra mão firme no ombro de Willie, ele o conduziu até o vestíbulo e fechou a porta. Não disse nada. Ida e Laura, que estavam sentadas na carteira mais próxima da porta, ouviram o sibilar e a batida do ponteiro. E todos ouviram os gritos de Willie.

Momentos depois, o senhor Owen voltou acompanhado de Willie com os olhos banhados de lágrimas.

– Sem choradeira – ele advertiu. – Vá se sentar e estude. Você tem de aprender a recitar suas lições.

O garoto parou de chorar e foi sentar-se. Depois daquilo, bastava um olhar do senhor Owen para tirar a cara de idiota do rosto de Willie. O irmão de Nellie parecia estar tentando pensar e agir como os outros meninos. Laura às vezes se perguntava se ele ainda seria capaz de recompor sua mente depois de deixá-la tanto tempo dispersa, mas pelo visto ele estava tentando. Willie não tinha medo de tentar.

Laura e Ida, Mary e Minnie e Nellie Oleson continuaram sentando nos mesmos lugares. Estavam todas bronzeadas do verão, com exceção de Nellie, que parecia mais pálida e mais delicada que nunca. Suas roupas eram tão lindas, ainda que sua mãe as fizesse a partir de sobras de tecido, que deixavam Laura insatisfeita com o vestido marrom da escola e até com o de caxemira azul. Ela não reclamava, claro, ainda que tivesse vontade.

As armações para saias que haviam sido encomendadas chegaram a uma loja da cidade, e Ma comprou uma para Laura. Ela baixou a bainha do vestido marrom e o ajustou de maneira que pudesse ser usado perfeitamente bem sobre a armação. No vestido de caxemira azul, não foi preciso fazer nenhuma alteração. Mesmo assim, Laura sentia que todas as outras meninas se vestiam melhor do que ela.

Mary Power tinha um vestido novo para ir à escola. Minnie Johnson tinha casaco e sapatos novos. As roupas de Ida eram todas de doações, mas ela era tão doce e alegre que ficava perfeita no que quer que fosse. Quando Laura se vestia para ir à escola, tinha a impressão de que, quanto mais se preocupava com sua aparência, mais insatisfeita ficava.

– Seu espartilho está solto demais – Ma disse um dia, tentando ajudar. – Puxe mais os cordões, e sua silhueta ficará mais bonita. E não acho que esse penteado seja o mais apropriado para você. O cabelo penteado para trás e essa franja fazem as orelhas de qualquer menina parecerem maiores do que são.

De repente, Ma pensou em algo que a fez rir baixo.

– O que foi? Diga! – Laura e Carrie imploraram.

– Eu estava pensando em quando sua tia Eliza e eu penteamos o cabelo para trás e fomos com as orelhas expostas para a escola. Fomos chamadas na frente da sala e recebemos um sermão diante da classe toda por sermos tão pouco femininas e atrevidas a ponto de deixar que vissem nossas orelhas.

A mãe soltou outra risadinha.

– É por isso que sempre usa um cacho de cabelo cobrindo cada orelha? – Laura perguntou.

Ma pareceu um pouco surpresa.

– Acredito que sim – respondeu, ainda sorrindo.

No caminho para a escola, Laura perguntou a Carrie:

– Nunca vi as orelhas de Ma, acredita?

– Devem ser bonitas – Carrie respondeu. – Você é parecida com ela, e suas orelhas são pequenas e bonitas.

– Bem – Laura ia responder à irmã, porém parou de falar e ficou girando no lugar, pois o vento forte no sentido contrário sempre fazia a armação subir um pouco e a saia se acumular na altura dos joelhos. Ela precisava ficar girando até que a armação se soltasse e a saia voltasse a descer até onde deveria estar.

Quando ela e Carrie seguiram em frente, Laura voltou a falar:

– A maneira como as meninas se vestiam na época de Ma era um pouco tola, não acha? Ah, esse vento! – ela exclamou, quando a armação voltou a subir.

Carrie ficou esperando enquanto Laura girava no lugar.

– Fico feliz por não ter idade suficiente para usar armação – Carrie disse. – Ficaria tonta.

– É um pouco incômodo – Laura admitiu. – Mas está na moda, e, quando você tiver minha idade, vai querer seguir a moda.

A vida na cidade estava tão movimentada naquele outono que Pa disse que nem precisavam mais dos saraus, pois iam à igreja todos os domingos e se reuniam para orar toda quarta à noite, e lá todo mundo se encontrava. A Sociedade de Senhoras estava planejando dois eventos e pretendia montar uma árvore de Natal. Laura torcia para que aquilo acontecesse, porque Grace nunca havia visto uma. Em novembro, haveria uma semana de encontros na igreja, e o senhor Owen, com a aprovação do Conselho, pretendia fazer uma apresentação na escola.

As aulas seguiriam sem interrupção até a apresentação, pouco antes do Natal. Assim, os meninos mais velhos puderam juntar-se à turma em novembro. Mais alunos menores tiveram de se apertar em três nas carteiras, para abrir espaço para eles.

– Precisamos de uma escola maior – o senhor Owen disse a Laura e a Ida, um dia, no recreio. – Espero que a cidade possa construir outra no próximo verão. Também estamos precisando separar as turmas. Estou contando com a apresentação para apresentar a escola e suas necessidades à cidade.

Depois, ele disse às duas alunas que o papel delas na apresentação seria recitar todo o texto da história americana.

– Ah, acha que vamos conseguir, Laura? – Ida perguntou quando o professor saiu.

– Claro! – Laura respondeu. – Gostamos de história.

– Ainda bem que você ficou com a parte maior – Ida comentou. – Só tenho de me lembrar de John Quincy Adams a Rutherford B. Hayes. Você ficou com todas as descobertas, o mapa e as batalhas, a Reserva Oeste e a Constituição. Minha nossa! Não sei como vai conseguir!

– Pode ser um trecho maior, só que estudei bastante e fiz uma boa revisão – Laura garantiu. Ela estava feliz por ter pegado aquela parte, que considerava a mais interessante.

As outras meninas conversavam animadamente sobre as reuniões da igreja. Todos que viviam na cidade e nas regiões próximas iriam comparecer. Laura não sabia o motivo, pois nunca havia ido a uma reunião de reavivamento, mas, quando disse que preferia ficar em casa estudando, Nellie exclamou, horrorizada:

– Ora, apenas *ateus* não vão a reuniões de reavivamento!

As outras não disseram nada em defesa de Laura. Os olhos castanhos de Ida pareciam suplicantes e ansiosos quando ela perguntou:

– Você vai, não vai, Laura?

As reuniões da igreja durariam a semana toda, e, além das lições diárias que tinha de fazer, Laura precisava preparar-se para a apresentação. Na segunda à noite, ela correu para casa depois da aula, para estudar até a hora do jantar. Ficou pensando em história enquanto lavava a louça, depois ficou mergulhada em seus livros enquanto Pa e Ma se arrumavam.

– Corra, Laura, ou vamos nos atrasar! Temos que ir à igreja – Ma disse.

Diante do espelho, Laura colocou seu precioso chapéu de veludo marrom sobre a franja e a afofou. Ma esperava à porta por Carrie e Grace. Pa fechou a saída de ar do fogareiro e apagou a lamparina.

– Todas prontas? – ele perguntou.

Saíram todos, e ele trancou a porta à luz da lanterna. Não havia nem uma janela iluminada em toda a rua principal. Atrás da loja de ferragens, as últimas lanternas balançavam pelos terrenos desocupados até a igreja bem iluminada. Havia carroças pesadas e leves e cavalos cobertos por mantas, parados na penumbra por toda a volta.

A igreja estava lotada e quente, por causa das lamparinas e dos fogareiros espalhados. Os homens mais velhos se sentavam perto do púlpito, as famílias, nos bancos do meio, e jovens e meninos, nos bancos de trás. Laura viu todo mundo que conhecia e muitos desconhecidos enquanto Pa avançava pelo corredor, em busca de um lugar vazio. Ele parou ao lado do primeiro banco, e Ma, Grace, Carrie e Laura passaram por alguns joelhos recolhidos para se sentar.

O reverendo Brown se levantou de sua cadeira atrás do púlpito e convocou o hino 154. A senhora Brown tocou o órgão, e todos se levantaram para cantar.

> *Noventa e nove se encontravam ali*
> *Na segurança da congregação,*
> *Mas na colina permanecia um*
> *Distante do ouro do portão,*
> *Na selvageria e no horror,*
> *Longe dos cuidados do pastor.*

Se uma reunião de reavivamento consistisse só em cantar, Laura ia adorar, ainda que sentisse que deveria estar estudando, em vez de perder tempo se divertindo. Sua voz soou tão clara e sincera quanto a de Pa quando eles cantaram:

Alegre-se, pois o Senhor traz os Seus de volta!

Então uma longa prece começou. Laura baixou a cabeça e fechou os olhos enquanto a voz dura do reverendo Brown proferia a ladainha. Foi um grande alívio se levantar e voltar a cantar. Seguiu-se um hino com um ritmo mais dançante e uma batida pulsante.

Plantando a semente ao amanhecer,
Plantando a semente com o sol a pino,
Plantando a semente no crepúsculo,
Plantando a semente na noite solene,
Ah, o que colheremos?
Ah, o que colheremos?

A pregação do reverendo Brown prosseguiu em conjunto com o balanço. Sua voz subia e descia, trovejava e estremecia. Suas sobrancelhas brancas subiam e desciam junto; seu punho cerrado batia no púlpito.

– Arrependam-se, arrependam-se enquanto ainda é tempo, tempo de serem salvos da condenação – ele rugiu.

Um arrepio subiu pela coluna de Laura, chegando até o couro cabeludo. Parecia que algo crescia dentro de todas aquelas pessoas, algo sombrio e assustador, crescendo e crescendo, sob a voz esganiçada. As palavras já não faziam sentido, não formavam frases, eram apenas terríveis. Por um instante, Laura imaginou que o reverendo Brown era o diabo. Seus olhos pegavam fogo.

– Venham à frente, venham e sejam salvos! Venham receber a salvação! Arrependam-se, pecadores! Levantem-se, levantem-se e cantem! Ah, ovelhas perdidas! Fujam da ira! Remem, remem para a costa!

Suas mãos fizeram todos ficarem de pé, e sua voz cantou alto:

Reme para a costa, marinheiro!
Reme para costa!

– Vamos, vamos! – sua voz rugia em meio ao canto tempestuoso.
Um jovem se aproximou aos tropeços pelo corredor.

Ao vento forte não dê atenção,
Mesmo que ruja na direção oposta!

"Deus o abençoe, meu irmão pecador. Ajoelhe-se, Deus o abençoe. Há outros? Há outros?" – o reverendo Brown gritou.
Então voltou a cantar:

Reme para costa!

As primeiras palavras do hino deixavam Laura com vontade de rir. Ela se lembrou do homem alto e magro e do outro atarracado cantando solenemente, e dos lojistas saindo para ver as portas de tela quebradas. Agora, Laura sentia que todo o barulho e excitação não a atingiam mais.

Ela olhou para Pa e Ma. Eles estavam de pé, cantando baixo. A coisa sombria e selvagem que Laura sentira continuava rugindo em volta, como uma nevasca.

Outro jovem e depois uma mulher mais velha se aproximaram e se ajoelharam. Então acabou, ou parecia acabar. As pessoas foram à frente para rodear os três e lutar pela alma deles. Em voz baixa, Pa disse a Ma:

– Vamos embora.

Ele conduziu Grace pelo corredor, a caminho da porta. Ma o seguiu com Carrie, e Laura as acompanhou de perto. Os jovens e os meninos dos bancos de trás ficavam olhando as pessoas passarem. O medo de desconhecidos tomou conta de Laura. A porta aberta mais à frente parecia um refúgio de todos os olhos.

Ela não notou o toque na manga de seu casaco até ouvir alguém lhe perguntar:

– Posso acompanhá-la até sua casa?

Era Almanzo Wilder.

Laura ficou tão surpresa que não conseguia dizer nada. Não conseguia nem mesmo assentir ou balançar a cabeça. Não conseguia pensar. Ele manteve a mão no braço dela e passou pela porta ao seu lado, impedindo que pudesse ser empurrada no vestíbulo lotado.

Pa havia acabado de acender a lanterna. Ele baixou a manga e levantou a cabeça bem no momento em que Ma se virou, perguntando:

– Onde está Laura?

Os dois a viram, com Almanzo Wilder ao seu lado. Ma ficou petrificada.

– Venha, Caroline – disse Pa.

A mulher o seguiu, e Carrie também, com os olhos arregalados.

O chão estava branco por causa da neve, e fazia frio, mas não havia vento, e as estrelas brilhavam no céu.

Laura não conseguia pensar em nada para dizer. Queria que o senhor Wilder dissesse alguma coisa. O casaco grosso dele exalava um vago cheiro de fumaça de charuto. Era agradável, mas não familiar como o cheiro do cachimbo de Pa. O perfume era mais arrojado e a fazia pensar em Cap e naquele jovem ousando fazer a perigosa viagem para conseguir trigo para a cidade. O tempo todo, Laura tentava pensar em algo para começar uma conversação.

Para sua completa surpresa, ela se ouviu falando:

– Bem, não houve nevasca.

– Não. É inverno brando, diferente daquele.

De novo, ouvia-se apenas o barulho dos pés deles esmagando a neve no caminho.

Na rua principal, grupos de pessoas corriam para suas casas, com lanternas acesas lançando grandes sombras. A lanterna de Pa seguiu reto até entrar na casa com Ma, Carrie e Grace atrás.

Laura e Almanzo ficaram do lado de fora da porta fechada.

– Bem, boa noite – ele disse, dando um passo para trás e tirando o chapéu. – Até amanhã à noite.

– Boa noite – Laura respondeu, abrindo a porta depressa.

Pa continuava segurando a lanterna enquanto Ma acendia a lamparina.

– ... confio nele, e é só o caminho de volta da igreja – ele dizia.

– Mas ela tem só quinze anos – retrucou Ma.

Então a porta se fechou. Laura estava dentro da casa aquecida. A lamparina estava acesa, e tudo estava bem.

– Bem, o que achou da reunião? – Pa perguntou.

– Não foi nada como os sermões tranquilos do reverendo Alden – Laura respondeu. – Gosto mais dos sermões dele.

– Eu também – Pa concordou.

Ma disse que já havia passado da hora de ir para cama.

Em vários momentos do dia seguinte, Laura se perguntou o que o jovem Wilder tinha querido dizer com "até amanhã à noite". Não sabia por que ele a havia acompanhado até em casa. Era estranho que o fizesse, porque era um adulto. Fazia alguns anos que tinha uma propriedade, de modo que devia ter pelo menos vinte e três anos, e era mais amigo de Pa do que dela.

Naquela noite, na igreja, Laura nem prestou atenção ao sermão. Só pensava que preferiria não estar ali, onde tantas pessoas, tão próximas umas das outras, se exaltavam tanto. Ela ficou feliz quando Pa disse:

– Vamos embora.

Almanzo Wilder estava junto a uma fileira de jovens, próximo à porta, e Laura ficou com vergonha de passar perto dele, pois viu que vários jovens acompanhavam moças até em casa. Ela sentiu as bochechas corarem e não soube para onde olhar. Ao se aproximar do jovem, ele perguntou:

– Posso acompanhá-la até sua casa?

Dessa vez, ela respondeu com educação:

– Sim, seria um prazer.

Laura havia pensado no que deveria ter dito na noite anterior, por isso agora começou a falar sobre Minnesota. Ela tinha morado no riacho Plum, e ele havia morado no vale Spring, mas vinha das cercanias de Malone, no estado de Nova York. Laura ficou feliz por conseguir sustentar a conversa até a porta de sua casa, quando pôde dizer:

– Obrigada pela companhia e tenha uma boa noite.

Todas as noites daquela semana, Almanzo a acompanhou até em casa depois da reunião da igreja. Laura ainda não entendia por quê. Mas logo a semana acabou, de modo que ela pôde voltar a passar as noites estudando e acabou se esquecendo do jovem Wilder em meio ao receio da apresentação que estava por vir.

A apresentação da escola

A sala estava aquecida, e a lamparina queimava clara e forte, mas os dedos gelados de Laura mal conseguiam abotoar o corpete de caxemira azul, e ela tinha a impressão de que o espelho estava embaçado. Estava se vestindo para a apresentação da escola.

Ela havia temido aquilo por tanto tempo que agora o momento nem parecia real, mas era. De alguma maneira, precisava enfrentar o evento.

Carrie também se encontrava temerosa. Seus olhos estavam arregalados em seu rosto magro, e ela sussurrava para si mesma, enquanto Laura amarrava um laço em seu cabelo:

– "*Um menino escultor o cinzel segurava...*"

Ma havia feito um vestido de lã xadrez para Carrie usar na apresentação.

– Por favor, Ma, me ouça recitando minha parte – ela implorou.

– Não há tempo, Carrie. Já estamos quase atrasados. Tenho certeza de que você vai se sair perfeitamente bem. Posso ouvir no caminho. Está pronta, Laura?

– Sim, Ma – Laura respondeu quase sussurrante.

Ma apagou a lamparina. O vento soprava frio lá fora, e a neve esvoaçava baixa. A saia de Laura balançava, e a armação subia. Ela tentava desesperadamente lembrar tudo o que precisava dizer, mas não conseguia ir além de "Cristóvão Colombo descobriu a América em 1492. Ele era nativo de Gênova, na Itália...", enquanto Carrie repetia, quase sem ar:

– *"Esperando quando diante dos olhos..."*

– Ah, a igreja está toda iluminada – Pa comentou.

Tanto a escola quanto a igreja estavam bastante iluminadas. Na penumbra via-se uma fila de pessoas acompanhadas pelas manchas amarelas das lanternas se dirigindo à igreja.

– O que está acontecendo? – Pa perguntou.

O senhor Bradley respondeu:

– Veio tanta gente que a apresentação não vai poder ser realizada na escola. Owen está levando todos para a igreja.

A senhora Bradley falou:

– Ouvi dizer que você vai deixar todos deslumbrados com o que vai apresentar hoje, Laura.

A garota não soube o que responder. Continuava pensando: *Ele era nativo de Gênova, na Itália... Cristóvão Colombo descobriu a América em 1492. Ele era...* Precisava passar daquele ponto.

Havia tanta gente no vestíbulo que Laura temeu que a armação de sua saia fosse perder a forma. Não havia mais espaço para pendurar casacos nos ganchos ali existentes. Os corredores estavam lotados de pessoas tentando encontrar onde sentar. O senhor Owen repetia:

– Os bancos da frente estão reservados para os alunos. Os alunos podem vir se sentar.

Ma disse que ficaria com os casacos. Ela ajudou Carrie a tirar o dela e o gorro, enquanto Laura tirava o seu e o chapéu e ajeitava a franja, nervosa.

– Basta repetir exatamente o que veio dizendo por todo o caminho, Carrie – Ma disse, enquanto ajeitava a saia rodada dela. – Você sabe sua parte perfeitamente bem.

– Sim, Ma – Carrie respondeu com voz meio trêmula.

Laura se sentia incapaz de falar. Ela guiou Carrie pelo corredor, procurando encostar-se na irmã e olhando para cima com olhos suplicantes.

– Minha aparência está boa? – ela indagou aos sussurros.

Laura olhou nos olhos redondos e assustados de Carrie. Um fio de cabelo claro despontava para o alto, que Laura alisou. O cabelo de Carrie estava perfeitamente dividido em duas tranças firmes que caíam pelas costas.

– Pronto, agora você está perfeita! – Laura garantiu, com uma voz que nem parecia a dela, de tão serena. – Seu vestido novo é lindo.

O rosto de Carrie se iluminou. Ela passou pelo senhor Owen e foi sentar-se com o restante de sua turma, no banco da frente.

O professor Owen disse a Laura:

– Estão colocando os retratos dos presidentes naquela parede, exatamente como ficavam na escola. O ponteiro está no púlpito. Quando chegar a George Washington, aponte para cada presidente que citar. Isso deve ajudar a se lembrar da ordem.

– Sim, senhor – Laura respondeu, mas agora sabia que o professor estava preocupado também. Entre todos os que se encontravam ali, ela era quem realmente não podia errar, porque tinha ficado com a parte principal da apresentação.

– O senhor Owen falou do ponteiro? – Ida sussurrou quando Laura se sentou ao seu lado. Parecia uma cópia embaçada de sua versão alegre de sempre.

Laura assentiu, e elas ficaram olhando para Cap e Ben, que estavam fixando os retratos dos presidentes na parede. O púlpito tinha sido recuado para deixar a plataforma livre. Dava para ver o ponteiro ali.

– Sei que vai conseguir fazer sua parte, mas estou com medo de fazer a minha – Ida comentou.

– Não vai temer nada quando chegar a hora – Laura a encorajou. – Ora, sempre fomos boas em história. É mais fácil que a aritmética mental que temos de fazer.

– Fico feliz que você tenha ficado com o começo – Ida comentou. – Eu não conseguiria. Simplesmente não conseguiria.

Laura também tinha ficado feliz, porque o começo era a parte mais interessante. Mas, agora, sua cabeça era uma grande confusão. Ela continuava tentando lembrar-se de tudo o que tinha de dizer, embora fosse tarde demais para se preocupar com isso. Precisava se lembrar. Não podia falhar.

– Silêncio, por favor – o professor Owen disse. – A apresentação vai começar.

Nellie Oleson, Mary Power, Minnie, Laura, Ida, Cap, Ben e Arthur subiram na plataforma. Arthur usava sapatos novos, e a sola de um deles fazia barulho. Em fileira, os alunos encararam a igreja cheia de olhos voltados para eles. Para Laura, era tudo um grande borrão. O senhor Owen começou a fazer perguntas.

Laura não teve medo. Aquilo não parecia real, ficar de pé sob a luz, usando seu vestido de caxemira azul e dissertando sobre geografia. Seria uma vergonha deixar de responder algo ou então cometer um erro diante de todas aquelas pessoas, sobretudo diante de Pa e Ma. Mas ela estava calma, e a insegurança que sentia evaporou-se como em um passe de mágica. Era como se despertasse de um pesadelo. O tempo todo, ela pensava: *Cristóvão Colombo descobriu a América em 1492. Ele era nativo de Gênova, na Itália...* Ela foi primorosa em sua explanação e não cometeu nenhum erro, sendo aplaudidíssima quando terminou sua apresentação.

Então chegou a hora da gramática. Agora seria mais difícil, porque não havia uma lousa. Ficava mais fácil analisar cada palavra em uma frase longa e complexa, cheia de locuções adverbiais, quando estava escrita na lousa. Não era tão fácil manter a frase inteira na cabeça sem se esquecer de uma palavra ou vírgula. Mesmo com essa dificuldade, só Nellie e Arthur cometeram alguns erros.

A aritmética mental foi ainda mais difícil. Laura não gostava de aritmética. Seu coração bateu desesperado quando chegou sua vez, e ela teve certeza de que fracassaria. Ficou maravilhada ao ouvir sua voz resolvendo tranquilamente os problemas.

– Divida 347.264 por 16.

– Trinta e quatro por 16 dá 2 e sobra 2; 27 por 16 dá 1 e sobra 11; 112 por 16 dá 7 e não sobra nada; 6 por 16 não dá, põe um 0; 64 por 16 dá 4. Então 347.264 dividido por 16 dá 21.704.

Ela não precisou fazer a multiplicação contrária para saber que a resposta estava correta, porque o senhor Owen prosseguiu com a próxima questão.

Por fim, ele disse:

– Turma dispensada.

Em meio ao ruído dos aplausos, os alunos se viraram e voltaram a ocupar seus lugares no banco. Agora os mais novos iam fazer sua parte. Depois seria a vez de Laura novamente.

Enquanto as crianças eram chamadas uma a uma à plataforma para se apresentarem, Laura e Ida morriam de medo em seus lugares. Tudo de história que Laura sabia passou rapidamente por sua cabeça. *Cristóvão Colombo... O Congresso das Colônias Confederadas se reuniu... "Há uma única palavra neste pedido que reprovo, e essa palavra é 'congresso'... O senhor Benjamin Harrison se levantou e disse: "Há uma única palavra neste papel que aprovo, senhor presidente, e essa palavra é 'congresso'... "E Jorge III... pode se beneficiar de seu exemplo. Se isso é traição, senhores, façamos o nosso melhor... Dê-me liberdade ou a morte... Consideramos estas verdades evidentes por si mesmas... Seus pés deixaram marcas de sangue na neve...*

De repente, Laura ouviu o senhor Owen chamar:

– Carrie Ingalls.

O rosto fino de Carrie pareceu tenso e pálido enquanto ela abria caminho até o corredor. Todos os botões nas costas de seu vestido xadrez estavam abotoados ao contrário. Laura devia ter-se lembrado de ajudá-la, mas não: deixara a pobre Carrie fazer sozinha o melhor que podia.

Carrie ficou muito ereta, com as mãos nas costas e os olhos fixos na multidão. Sua voz soou clara e doce quando ela recitou:

Um menino escultor o cinzel segurava,
Tendo um bloco de mármore à sua frente.
Um sorriso de alegria seu rosto iluminou
Quando o sonho de um anjo viu de repente.

Tal sonho ele esculpiu na pedra dócil
Com golpes limpos e precisos sem igual.
Sob a luz do Paraíso o escultor brilhou.
Havia captado aquela visão angelical.

Escultores também somos nós
Diante da pedra bruta da vida,
Esperando quando diante dos olhos
Passará o sonho por ordem divina.

Portanto, vamos esculpi-lo na pedra dócil
Com golpes limpos e precisos sem igual.
Sua beleza celeste será nossa,
Nossa vida será a visão angelical.

Ela não errou nem uma vez, tampouco se esqueceu de qualquer palavra. Laura ficou orgulhosa, e Carrie corou ao marchar até seu lugar, com a cabeça baixa, mas sorrindo, em meio aos aplausos.

Então o professor Owen falou:

– Agora vamos ouvir um resumo da história de nosso país desde sua descoberta até os dias atuais, feito por Laura Ingalls e Ida Wright. Pode começar, Laura.

Chegara a hora. Laura se levantou. Não sabia como havia subido na plataforma. De alguma forma, estava lá. Então sua voz passou a ser ouvida:

– "Cristóvão Colombo descobriu a América em 1492. Ele era nativo de Gênova, na Itália, e pediu permissão para fazer uma viagem ao Ocidente, para descobrir uma nova rota para a Índia. Na época, a Espanha era governada por..."

Sua voz estava um pouco trêmula no começo. Laura a firmou e seguiu em frente. Não parecia real estar ali, em seu vestido azul de caxemira com armação por baixo da saia, um alfinete com pérola de Ma prendendo a renda sob seu queixo, uma franja úmida e recortada na testa.

Laura falou sobre os exploradores espanhóis e franceses e seus assentamentos, falou da colônia perdida de Raleigh, das companhias de comércio inglesas na Virgínia e em Massachusetts, dos holandeses que compraram a ilha de Manhattan e se estabeleceram no vale do Hudson.

A princípio, ela falava para um borrão, depois começou a ver rostos. O de Pa se destacava de todos os outros. Seus olhos encontraram os dela, brilhando enquanto ele assentia devagar.

Depois, Laura entrou na grande história americana propriamente dita. Falou sobre a visão de liberdade e igualdade no Novo Mundo, falou das opressões sofridas na Europa e da guerra contra a tirania e o despotismo, da guerra de independência dos trezes estados, de como a Constituição foi escrita e os trezes estados se uniram. Então ela pegou o ponteiro e apontou para George Washington.

Não se ouvia nenhum barulho além da voz de Laura enquanto ela falava sobre a infância pobre dele, o trabalho de agrimensor, a derrota para os franceses no forte Duquesne, depois os longos e desanimadores anos de guerra. Laura falou de sua eleição unânime como o primeiro presidente, de como se tornou o Pai da Nação, das leis aprovadas pelo primeiro e pelo segundo congressos e da abertura do território do norte. Depois falou de John Adams e Jefferson, que escreveu a Declaração de Independência, estabeleceu a liberdade religiosa e a propriedade privada na Virgínia, fundou a Universidade da Virgínia e comprou para o novo país o território que ia do Mississippi à Califórnia.

Ela falou de Madison, da guerra de 1812, da invasão, da derrota, do incêndio no Capitólio e na Casa Branca, em Washington, das corajosas batalhas travadas pelos marinheiros americanos nos poucos navios americanos e finalmente da vitória que lhes rendeu a independência.

Depois ela falou de Monroe, que ousou dizer às nações mais antigas e fortes e seus tiranos para nunca mais invadir o Novo Mundo. Referiu-se a Andrew Jackson, que desceu pelo Tennessee, lutou contra os espanhóis e tomou a Flórida deles, pela qual o honesto país havia pagado à Espanha posteriormente. Em 1820, vieram tempos difíceis: os bancos quebraram, os negócios fecharam, as pessoas ficaram sem trabalho e famintas.

Então Laura apontou para o retrato de John Quincy Adams. Ela falou sobre a eleição dele. Falou sobre os mexicanos, que também haviam lutado por sua independência e vencido, e que agora podiam fazer comércio com quem quisessem. Por isso, os comerciantes de Santa Fé desceram pelo Missouri e atravessaram milhares de quilômetros de deserto para chegar ao México. E as primeiras rodas de carroça rolaram pelo Kansas.

Laura chegara ao fim de sua parte. Agora era a vez de Ida.

Ela deixou o ponteiro de lado e se curvou no silêncio. Os aplausos que irromperam quase a fizeram dar um pulo. O barulho foi ficando cada vez mais alto. Laura sentiu que era hora de voltar a seu lugar, mas os aplausos não pararam nem mesmo quando ela se sentou ao lado de Ida. Foi só quando o senhor Owen falou que o barulho cessou.

Laura estava tremendo toda. Queria dizer algo para encorajar Ida, mas não conseguia. Só conseguia ficar sentada e descansar, grata por sua provação ter terminado.

Ida também se saiu muito bem. Não cometeu um único erro. Laura ficou feliz ao ouvi-la receber aplausos altos também.

Mesmo depois que o senhor Owen dispensou o público, não foi fácil sair da igreja. As pessoas ficavam paradas nos corredores, conversando sobre a apresentação. Laura notou que o professor parecia satisfeito.

– Você fez um belo trabalho, canequinha – Pa disse quando Laura e Carrie conseguiram chegar até ele e Ma. – Você também, Carrie.

– Sim – concordou Ma. – Estou muito orgulhosa de ambas.

– Consegui lembrar todas as palavras – Carrie comentou, feliz. – Mas, ah, que bom que acabou!

– Também acho – Laura concordou, tentando colocar o casaco.

Ela sentiu uma mão na gola, procurando ajudá-la, e ouviu uma voz dizer:

– Boa noite, senhor Ingalls.

Laura deparou com Almanzo Wilder.

Ele não disse nada, tampouco ela, até que estivessem fora da igreja, seguindo a lanterna de Pa ao longo do caminho coberto de neve. Não havia mais vento. O ar estava gelado e parado, e a neve refletia o luar.

– Acho que eu deveria ter perguntado se poderia acompanhá-la até em casa – Almanzo disse.

– Sim. Mas, de qualquer maneira, agora já estamos chegando.

– Foi difícil escapar da multidão – Almanzo explicou. Ele ficou em silêncio por um minuto, depois perguntou: – Posso acompanhá-la até em casa?

Laura não pôde evitar rir, e ele riu também.

– Sim. Seria novamente um prazer.

Laura se perguntou outra vez por que ele estava fazendo aquilo, sendo tão mais velho que ela. O senhor Boast ou qualquer outro amigo de Pa poderia assegurar-se de que ela chegasse bem em casa se Pa não o pudesse fazer, mas Pa estava bem ali. Laura achava que Almanzo tinha uma risada agradável. Ele parecia gostar de tudo. Provavelmente os cavalos dele estavam esperando na rua principal, o que o obrigaria a seguir por aquele caminho de qualquer maneira.

– Seus cavalos estão na rua principal? – ela perguntou.

– Não – Almanzo respondeu. – Estão na fachada sul da igreja, no vento. Estou fazendo um trenó para eles puxarem.

Algo no modo como ele falava deixou Laura esperançosa. Ela pensou em como seria andar em um trenó puxado por aqueles cavalos velozes. Claro que aquilo não era um convite, mas, ainda assim, ela se sentiu um pouco tonta.

– Se a neve aguentar, então será o clima perfeito para andar de trenó – Almanzo disse. – Parece que teremos outro inverno brando.

– Parece mesmo – Laura concordou. Agora ela tinha certeza de que ele não ia convidá-la para andar de trenó.

– Leva um tempo para construir um bom trenó – ele disse. – Depois vou ter de pintá-lo com duas mãos de tinta. Não vai ficar pronto até um pouco depois do Natal. Você gosta de andar de trenó?

Laura sentiu o ar lhe escapando.

– Não sei. Nunca andei em um trenó de verdade. – E ela acrescentou: – Mas tenho certeza de que adoraria.

– Bem, posso vir em algum momento de janeiro, e, se você quiser, poderá dar uma volta para decidir se gosta ou não. Um sábado, talvez? Acha uma boa ideia?

– Sim. Ah, *sim*! – Laura exclamou. – Obrigada pelo convite.

– Muito bem. Então eu voltarei em algumas semanas caso o clima se mantenha.

Eles haviam chegado à porta. Almanzo tirou o chapéu e se despediu.

Laura entrou em casa como se estivesse nas nuvens.

– Ah, Pa! Ma! Imaginem só. O senhor Wilder está fazendo um trenó e vai me levar para dar uma volta!

Pa e Ma olharam um para o outro com ar sério. Então Laura acrescentou depressa:

– Se vocês permitirem, claro. Poderei ir, por favor?

– Veremos quando chegar a hora – a mãe respondeu.

Mas os olhos bondosos de Pa garantiam a Laura que, quando chegasse a hora, poderia ir, sim. Ela imaginou como seria divertido sentir o ar frio num dia ensolarado atrás daqueles cavalos. E não pôde deixar de pensar, feliz: *Ah, Nellie Oleson vai ficar furiosa!*

Visita inesperada em dezembro

O dia seguinte foi tranquilo. Não tentariam fazer outro Natal sem Mary. Os únicos presentes escondidos eram para Carrie e Grace, e, embora o Natal só fosse no dia seguinte, eles abriram naquela manhã uma caixa pequena que haviam recebido de Mary.

Por uma semana, não haveria aula. Laura sabia que deveria aproveitar para estudar, mas não conseguia concentrar-se nos livros.

— Não tem graça estudar em casa sem Mary — ela disse.

Eles já tinham almoçado, e a casa estava em ordem, mas parecia vazia sem a irmã em sua cadeira de balanço. Laura ficou olhando para o cômodo como se procurasse por algo que havia perdido.

Ma deixou o jornal da igreja de lado.

— Reconheço que também não consigo me acostumar com a ausência dela. Há um texto interessante de um missionário, mas passei tanto tempo lendo em voz alta para Mary que não consigo mais lê-lo sozinha.

— Queria que ela não tivesse ido — Laura confessou, mas Ma lhe disse que ela não deveria sentir-se assim.

– Ela está se saindo muito bem nos estudos, e é maravilhoso tudo o que está aprendendo: a costurar, a tocar órgão, a fazer peças com contas...

Ambas olharam para um vaso pequeno com contas azuis e brancas que Mary havia feito e enviado como presente de Natal. Tinham-no colocado na mesa, perto de Laura. Ela foi até ele e ficou passando os dedos na franja de contas enquanto Ma falava.

– Estou um pouco preocupada com como vamos conseguir comprar as roupas de verão de que Mary vai precisar. Também temos que lhe mandar algum dinheiro para que compre um lousa braille nova, que é muito cara.

– Daqui a dois meses, farei dezesseis anos – Laura disse, esperançosa. – Talvez no verão já tenha meu certificado de professora.

– Se puder lecionar no ano que vem, talvez consigamos trazer Mary para passar o verão aqui conosco – disse Ma. – Faz tanto tempo que ela se foi, e acho que ela está precisando ficar um pouco aqui em casa com a gente. Afinal, só teríamos despesas com as passagens. Bem, mas não devemos nos precipitar.

– É melhor eu ir estudar – Laura disse, com um suspiro. Sentia vergonha de se queixar e ser indolente, enquanto Mary tinha paciência para fazer um trabalho perfeito com contas sem conseguir enxergar.

Ma voltou a ler o seu jornal, e Laura se debruçou sobre os livros, embora não fosse capaz de deixar a apatia de lado.

Carrie, que estava à janela se distraindo, de repente anunciou:

– O senhor Boast está vindo com outro homem ao seu lado. Ele vai bater à porta agora.

– É ele – disse Ma.

Laura abriu a porta, e o senhor Boast entrou.

– Como vão? – ele cumprimentou e apresentou o desconhecido. – Este é o senhor Brewster.

As botas, o casaco e as mãos do senhor Brewster indicavam seguramente que ele tinha uma propriedade no campo.

– Como vão? – Ma o cumprimentou, enquanto puxava cadeiras para os dois se sentarem. – Como vai a senhora Boast? Que lástima que não veio junto com o senhor. Se queria falar com o meu marido, o senhor Ingalls, sinto informá-lo de que ele está em algum lugar na cidade.

– Senhora Ingalls, eu não planejava vir – falou o senhor Boast. – Mas precisamos falar com essa mocinha.

Os olhos pretos dele se voltaram para Laura.

Ela ficou sobressaltada e procurou acomodar-se na cadeira como Ma lhe havia ensinado, com as mãos cruzadas sobre as pernas e os sapatos escondidos sob a saia. Respirava rápido, porque não sabia do que o senhor Boast estava falando.

Ele prosseguiu:

– Vai ser aberta uma escola no distrito de Brester, e estão à procura de uma professora. O senhor Brewster veio à apresentação de ontem à noite e acha que Laura é a pessoa que procuram. E eu lhe disse que não irão encontrar ninguém melhor do que ela.

O coração de Laura pareceu subir pela garganta.

– Não tenho idade suficiente – ela falou.

– Ora, Laura. Não há necessidade de dizer sua idade a menos que alguém pergunte diretamente – disse o senhor Boast, sincero. – A pergunta é: você daria aula naquela escola se o superintendente do condado lhe concedesse um certificado?

Laura não soube o que dizer. Ela olhou para Ma, que perguntou:

– Onde fica a escola, senhor Brewster?

– Vinte quilômetros ao sul daqui – o estranho respondeu.

Laura sentiu um aperto no coração. Ficava muito distante de casa, e ela estaria entre estranhos, podendo contar apenas consigo mesma, sem nenhuma ajuda. Só poderia voltar para casa quando o ano letivo terminasse. Vinte quilômetros para ir e mais vinte para voltar era uma distância longa demais.

– É uma vizinhança pequena – o senhor Brewster continuou falando. – A região ainda não está muito ocupada. Não podemos arcar com mais de dois meses de aulas, e tudo o que oferecemos são vinte dólares mensais de salário e alimentação.

– Parece uma quantia bastante razoável – disse Ma.

Seriam quarenta dólares, Laura pensou. Quarenta dólares! Ela ainda não tinha se dado conta de que poderia ganhar toda aquela quantia.

– Sei que o meu marido confiaria em sua opinião, senhor Boast – Ma acrescentou.

– Lew Brewster e eu nos conhecemos do leste – explicou o senhor Boast. – Será uma boa chance para Laura, se ela aceitar.

Laura estava tão animada que mal conseguiu falar.

– Ah, sim – ela gaguejou. – Ficarei feliz em dar essas aulas, se puder.

– Então devemos nos apressar – disse o senhor Boast, pondo-se de pé, juntamente com o senhor Brewster. – Williams está na cidade, e, se o alcançarmos antes que parta, ele poderá vir aplicar a prova de admissão de Laura agora mesmo.

Eles se despediram rapidamente de Ma e foram embora.

– Ah, Ma! – Laura disse. – Acha que conseguirei passar?

– Acredito que sim, filha – a mãe respondeu. – Não fique animada demais nem tenha medo. Não há necessidade. Finja que é uma prova da escola, e tudo ficará bem.

Passou-se apenas um momento antes que Carrie dissesse:

– É ele ali!

– É ele – Ma repetiu, interrompendo a pequena.

– Acabou de passar pela loja de ferragens! – exclamou Carrie.

Todas ouviram a batida à porta. Ma a abriu. Um homem grande, com um rosto agradável e modos simpáticos, apresentou-se como Williams, superintendente do condado.

– Então você é a jovem que quer um certificado! – ele perguntou a Laura. – Não há muita necessidade de uma prova. Eu a vi ontem à noite. Respondeu a todas as questões apresentadas. Mas, como vejo que está com a lousa e o giz na mesa, então podemos muito bem ir em frente.

Eles se sentaram à mesa. Laura resolveu problemas de aritmética, soletrou, respondeu a perguntas de geografia e de história; e repetiu o discurso de Marco Antônio sobre a morte de César, o qual sabia de cor. Ela sentiu-se à vontade com o senhor Williams, escrevendo frases na lousa e as analisando.

Ao escalar aquele pico, eu vi uma águia virando perto do cume.

"Eu" é o pronome pessoal da primeira pessoa do singular, aqui usado como sujeito de "vi", o verbo transitivo "ver" conjugado no pretérito. O objeto é o substantivo comum "águia", e "uma" é um artigo indefinido no singular. "Ao escalar aquele pico" é uma oração subordinada adverbial temporal reduzida de infinitivo. "Virando" é gerúndio do verbo "virar". "Perto do cume" é um adjunto adverbial de lugar.

Depois de algumas frases como aquela, o senhor Williams se deu por satisfeito.

– Não há necessidade de testá-la em história. Ouvi seu resumo ontem à noite. Suas notas terão de ser um pouco menores, porque não posso lhe dar mais do que um certificado de terceiro ano até o ano que vem. Poderia me dar a caneta e a tinta para preencher o certificado? – ele pediu.

– Estão aqui na escrivaninha – Ma mostrou a ele.

O senhor Williams se sentou à escrivaninha de Pa e retirou um certificado em branco de uma pasta. Por um momento, não se ouviu nada além do leve ruído da manga roçando o papel enquanto ele escrevia. O superintendente limpou a ponta da caneta, tampou o frasco de tinta e se levantou.

– Pronto, senhorita Ingalls – ele disse. – Brewster me pediu para lhe dizer que a escola estará funcionando na segunda-feira. Ele virá buscá-la no sábado ou no domingo, dependendo do tempo. Sabe que fica vinte quilômetros ao sul da cidade?

– Sim, senhor – Laura respondeu. – O senhor Brewster comentou.

– Bem, desejo-lhe sorte – ele disse, cordial.

– Obrigada, senhor.

Depois que o senhor Williams se despediu de Ma e foi embora, elas leram o certificado.

DEPARTAMENTO DE EDUCAÇÃO DO CONDADO DE KINGSBURY EM DAKOTA

Certificado de professora

Certificamos que a senhorita Laura Ingalls foi avaliada e considerada apta a oferecer instrução em leitura, ortografia, escrita, aritmética, geografia, gramática e história, tendo apresentado depoimentos satisfatórios quanto a seu caráter moral, e está autorizada por este certificado de terceiro ano a ensinar em qualquer escola comum do país por doze meses.

24 de dezembro de 1882,
Geo. A. Williams,
Superintendente escolar
Condado de Kingsbury, Dakota

Resultado:
Leitura: 62, Escrita: 75, História: 98, Gramática: 81, Aritmética: 80, Geografia: 85

Quando Pa chegou, Laura estava no meio da sala com o certificado na mão.

– O que é isso, Laura? – ele perguntou. – Parece que está esperando esse papel morder você.

– Pa! – Laura exclamou. – Agora sou professora.

– Como? O que é isso, Caroline?

– Leia. – Laura entregou o certificado para o pai, e ele sentou-se para o ler. – O superintendente nem me perguntou quantos anos eu tinha.

Depois que Pa leu o certificado, Ma contou a ele sobre a escola.

– Ora essa! – Pa exclamou, então se sentou e releu o certificado com mais atenção. – Nada mau. Nada mau para uma menina de quinze anos.

Ele pretendia soar entusiasmado, mas não conseguiu, porque Laura estava indo embora de casa.

Ela nem imaginava como seria lecionar a vinte quilômetros de casa, em meio a desconhecidos. Quanto menos pensasse a respeito, melhor, porque precisava ir e enfrentar o que viesse à sua frente.

– Agora Mary poderá ter tudo o que precisa e poderá estar aqui no próximo ano. – Laura falou. – Ah, Pa, acha que... que sou capaz de lecionar?

– Acho, sim, Laura – ele respondeu. – Tenho absoluta certeza disso.